室温
～夜の音楽～

ケラリーノ・サンドロヴィッチ

論創社

火の用心

室温〜夜の音楽〜

表紙イラスト
木村タカヒロ
口絵写真
北村光隆
本文イラスト
古屋あきさ
◉
ブックデザイン
小林陽子

目次

室温 ～夜の音楽～

主要登場人物

間宮
キオリ
下平（警官）
木村（タクシーの運転手）
海老沢十三
赤井
老人
少年
ヴァーニャ

町から遠く離れた、さびれた漁村に建つ古ぼけた洋館、そのリビング。

テーブルと椅子（六脚）。小さめの棚、電話、ソファー。

建物の周囲には、今はもう都会では見かけなくなった、木製の電柱が数本立っており、ある一方には石垣や古ぼけた看板など、田舎町を思わせる、どこか懐かしい風景が広がっている。

まるでここだけ時代からとり残されたような景色——。

線香、あるいは天花粉の香りが開場時から場内を包み、蝉が鳴いている。時折、外の鉄風鈴の音も聞こえてくる。

蝉吟、激しくなり、場内は闇に覆われる。

開演。

一人の少年が闇の中でギターを弾き始め、静かに唄が始まる。

M―1　安心

ぼくの未来は　火葬場の灰
大きな生ごみ　海の漂流物

きみの未来は　おんなじさ
ぼくら仲良く　死んでくのさ

今日はけんかをしてしまった
たのしいけんかの思い出

ぼくの未来は　火葬場の灰
大きな生ごみ　海の漂流物

今日はけんかをしてしまった
たのしいけんかの思い出

ぼくの未来は　火葬場の灰
大きな生ごみ　海の漂流物

きみの未来は　おんなじさ
ぼくらいつかは　おんなじことさ
今日はけんかをしてしまった
たのしいけんかの思い出
ぼくの未来は　火葬場の灰
大きな生ごみ　海の漂流物
きみの未来は　おんなじさ
ぼくらおんなじさ　おんなじいさん
ぼくの未来は　火葬場のは〜い

誰かの葬儀でもあったのだろうか、喪服姿の男達が唄いながら行き過ぎる。やがて、唄い終わり、数十分後に風景が移る。少年の姿はもう見えない。

1

電話をしているのは家主の海老沢十三、ハーブティーの入ったグラスを手にしているのは制服姿の巡査、下平。

海老沢　（電話に）はい……はい……ですからそれは怖がることはないんですよ。ええ、きっとおじいちゃん河原に何か思い出があるか、そうでもなきゃ久し振りに散歩してみたかったんでしょう。ええ……いやいや、怨念とかそういうんじゃありませんよ。あるんです。河原に行きたいなあ、とそう願う気持ちが強いとね、その念が肉体から離れまして、その本人と同じ格好をした霊魂が望み通りに河原を散歩するんです。珍しいこっちゃないんです、よくあるんですって。ええ、ええ、平気です。霊魂っていうとみなさん死んだ人の魂だという風に考えてらっしゃるようですけど、生きてる人にも霊魂はあるんです。（チラと下平を気にして長電話を詫びる手振り）

下平　（いい、いい、という風）

海老沢　ええ……ええ……いえ、死んだから霊魂になるのではなくて、死んで、肉体が滅びることで、魂《たま》の緒、ね、わかります？　たましいの緒です。英語でアストラル・チャード、ヒモみたいなものです。それが切れて、霊魂、幽体ともいいますが、霊魂だけが離れて生き続けるんです。ね、それはすなわち、人間の心は永遠に死なないということでもあるんです。ええ、ええ、そうです、ええそうですそうです。だからもしおじいちゃんが亡くなっても、おじいちゃんの心は永遠に生き残るんです……嫌なんですか生き残っちゃ？　嫌じゃないんでしょ？　いえ、今なんか嫌そうな声に聞こえたから（軽く笑って）はい、じゃあ、怖いことじゃありませんから、はい。

電話続く中、下平、自分のハーブティーを飲み干して、海老沢のグラスに入った茶を盗み飲みした。

海老沢　あ、来月分のお守りいつ取りに来られます？　ああ、ああ、そうですか、ええ、私があれでも娘がいると思いますから、はい、じゃあおじいちゃんお大事に。はい、はい、怖いことじゃありませんから、はいどうも、（と切ろうとしたが相手がまだ喋るらしく、思わずおざなりに）はいはい平気ですはい。

海老沢、そう言うなり受話器を置いた。

下平　（電話の相手が）十日市さん？
海老沢　（うなずく）
下平　なんだっての。
海老沢　じじいが散歩してんのを中村のばばあが見たんだってさ。
下平　中村？　薬局？
海老沢　いや畳屋。
下平　ああ、（ふと、しみじみ）うちもそろそろ畳替えねえとなあ。

海老沢　河原で散歩してる十日市のじじいに会ったんだとさ、畳屋が。
下平　え、だって、寝たきりでしょ十日市のじいさん。
海老沢　だから驚いたんだと、畳屋に「おたくのおじいちゃん随分元気になりましたねぇ」って言われて。
下平　え、じいさん元気になったんだ。
海老沢　なってねえよ。
下平　ん？
海老沢　ん？
下平　会ったんでしょ畳屋。
海老沢　会ったよ。
下平　じゃあ歩けるように
海老沢　なってねえよ。
下平　ん？
海老沢　ん？
下平　だって会ったんでしょ。
海老沢　会ったよ。
下平　……ああ、人違いか。
海老沢　人違いだよ。（ものすごく嬉しそうに笑いながら）人違いって、バカヤロー。（と下平をはたく）

下平　（笑った）
海老沢　（笑いながら下平の帽子をとった）
下平　（そのことにはさすがに笑えず）ちょっと。
海老沢　（帽子を持ったまま嬉しそうに少し逃げた）
下平　ちょっと。（とは言うが、追わない）
海老沢　（ので、戻ってきた）
下平　（返せと手をのばした）
海老沢　（帽子をかぶった）
下平　ちょっと……。
海老沢　いいのこんなとこで油売ってて。
下平　よくないですよ。
海老沢　巡回中だろ。
下平　巡回中ですよ。ちょっと。（とさらに手をのばした）
海老沢　（よけて、笑った）

と、海老沢の頭から帽子を取る手。海老沢の娘のキオリである。キオリ、帽子を下平に返した。

海老沢　……。
キオリ　下平さんハーブティーおかわりは？

下平　あ頂こうかな。
海老沢　（呆れるような口調で、下平に）こいつ……
下平　こいつって、お焼香しに来たんじゃないですか、（キオリに、同情を求めるように）ねえ。
キオリ　（曖昧に笑った）
海老沢　（行こうとしたキオリの背に）キオリ、明日十日市さんが新しいお守り取りに来るから。俺いなかったらおまえ、
キオリ　うん。いくらだっけ？　二万円？
海老沢　三万頂いときなさい。
キオリ　はい。

キオリ、引っ込んだ。

下平　（皮肉まじりに）不況の折、お守りも値上げですか……。
海老沢　（答えず）……。

鉄風鈴の音。

下平　（不意に）俺、こないだ先生の本読んでて初めて知ったんだけどさ、（微妙に手振りを交えながら）ジバク霊ってあれジバク霊なのね、俺ジバク霊だと思ってたのよ。

海老沢　なに言ってんだおまえ。
下平　だから、自爆する霊だと思ってたのよ。バーン。自爆霊。
海老沢　取り憑かれるよそういうこと言ってっと。
下平　またぁ。多いと思うよそう思ってる奴。
海老沢　いねえよそんな奴。
下平　いるって。ジバクレイって音だけで聞いたらまず思わないって、自分で縛る霊だなんて。
海老沢　地面に縛られてる霊だよ！
下平　え？
海老沢　地面に縛られてる霊。
下平　そうだっけ？
海老沢　読んだんだろ本。
下平　読んだ読んだ。
海老沢　読んでもまだ間違ってんのかよ。
下平　（疑って）あれぇ、そうだっけぇ？
海老沢　そうだって。書いた人間がそうだって言ってんだから。
下平　ああ。

海老沢　なんだよ自分で縛る霊って。
下平　ＳＭじゃねえんだからって？　ＳＭは自分じゃ縛らねえか……器用だね自分で縛る霊って。
海老沢　だからいねえんだよそんな霊は。
下平　いませんいません、そんなに器用な霊はいません。あ、でもあれは？　デビッド・カッパーフィールドの霊とかは？

そんな愚にもつかぬことを言っている下平の背後に、新しいハーブティーを持ってキオリが来ていた。

海老沢　（キオリに）誰だ日本の警察が優秀だなんて言ったの。
下平　（それでキオリに気づいて）あ、サンキュー。（と、受け取って、海老沢に）わざと言ってるんじゃないですか。（キオリに）ねえ。座れば？

キオリ、座るなか、

海老沢　巡回中なんだろ。
下平　（なぜか誇らし気に）巡回中ですよ。
海老沢　なに胸張ってんだ。
下平　（キオリに）キオリちゃん、東京行ってたんだって？
キオリ　え？

海老沢　（さして不思議そうでもなく）なんで知ってんの？

下平、一瞬逡巡して、

下平　ね、優秀なんですよ日本の警察は。
海老沢　なんで知ってんだよ。
下平　狭い村ですからね。

とその時、「ごめんください」の声。若い女性である。

キオリ　はい。（と立ち上がる）
声　赤井と申します。
海老沢　（その名前に反応して）ああ、俺出るよ。（と立ち上がり下平に）おまえ帰れよ。

海老沢、玄関の方へ。
風鈴の音。

キオリ　なに余計なこと言ってんの。
下平　なにが。

キオリ　わざわざ東京に行ってたとか言うことないじゃないの。
下平　かえって怪しまれないんだよ言っといた方が。
キオリ　怪しまれてたじゃない。
下平　怪んでないよ、なんでそうやって責めるんだよ俺のこと。
キオリ　バカだからじゃない。
下平　おまえ、よくそんなことが言えるな。
キオリ　言えるわよいくらだってバカバカバカバカバカバカ。
下平　あ六回も。
キオリ　七回よ。
下平　七回も。
キオリ　もう一切やめてよ。
下平　え、なんか言ってることがわかんねえよ、なにをもう一切やめてって？
キオリ　だから余計なこと言わないで。
下平　ああ。
キオリ　なんでわかんないの。
下平　いや、わかりにくかったよ。
キオリ　一切余計なことは言わないで。
下平　わかったよしつこいな。なんで責めるんだよ。
キオリ　バカだからじゃない。わかってる？　あなたも共犯なのよ。

下平　なんで。
キオリ　当たり前じゃない。（声をひそめ）ねえ、あと百万用意して。
下平　（声をひそめ）え無理だよもうこれ以上。
キオリ　明日まで。
下平　絶対無理。
キオリ　お願い。
下平　無理だって。
キオリ　お願いいよ。
下平　俺だってもうかなりやばいんだからさ。もう三百万超えてんだぞ。いくら警察が杜撰だからって、これ以上
キオリ　（遮って）最後だから。
下平　毎回最後だって言ってるじゃないか。
キオリ　ホント最後。
下平　……ホントに？
キオリ　ホント。
下平　……やっぱり無理だ、明日までに百は。無理。
キオリ　じゃ明後日までに七十でいい。
下平　……。
キオリ　……。

下平　おまえ、最初から計算して言ってるだろ。
キオリ　してないわ。
下平　……。
キオリ　お願い。
下平　……七十万ね。
キオリ　明後日までね。

風鈴の音。

2

海老沢のあとについて、重そうなバッグを二つ持った赤井ユカが入って来た。

海老沢　迷いませんでした？　道。
赤井　少し。
海老沢　でしょ。どこも風景同じですからね……。なんにもないでしょうこの辺は。
赤井　そうですね……。
海老沢　なんにもないんですよ。夜になるとほんと真っ暗ですよ、街灯もないから。もう逃げられないって感じですよ……。
キオリ　（会釈）
赤井　こんにちは。
海老沢　読者の方。東京からわざわざお焼香に来てくださったんだ。
赤井　赤井です。
キオリ　ありがとうございます。
海老沢　娘のキオリです。サオリの双子の姉。
赤井　ええ、ご本で。

キオリ　ああ……。

海老沢が促すので、キオリは飲み物をとりに台所へと去った。

下平　（赤井に、笑顔で）下平です。
赤井　（会釈）
下平　東京はどちらから？
海老沢　疲れたでしょう。ね。
赤井　いえ……。
海老沢　まあ、座ってください。
赤井　あ、でも、お焼香させて頂いたらすぐに。
海老沢　まあせっかくはるばる来てくださったんですから、まあまあともかく。
赤井　はあ。（と座った）
下平　東京はどちらから？
海老沢　駅からバスが出てるには出てるんですけどね、一時間に一本なんで。
赤井　ああ。
下平　え、駅から歩いてこられたんですか？
海老沢　今日は、お仕事は？
赤井　有給をとって休みました。

海老沢　それはまたわざわざ。
赤井　いえ、一度まとまった休暇をとってどこかでのんびりしたかったものですから。
下平　ＯＬさん？
海老沢　汗かいたでしょ。
赤井　少し。
下平　東京と違ってお陽様遮るものが何もないから。まともにきますからね……。東京はどちらから？
海老沢　この辺は携帯も入らないからね。
下平　せんせぇ、俺にも会話させてよぉ。
海老沢　（無視して、赤井に）じゃあしちゃいましょうかサイン。
赤井　あ、はい。すみません。
下平　（ボソリと、いじけたように）先生……。
海老沢　帰れよ。
下平　帰りますよ。（と言うが動かない）

キオリがハーブティーを手に戻ってきた。
赤井、持ってきたバッグから五、六冊の本を出しながら、

赤井　全部持ってきたかったんですけど、何冊か友人に貸してしまってて。

海老沢　いやいや、ありがたいです。
キオリ　（ハーブティーを置いて）どうぞ。
赤井　ありがとうございます。
海老沢　（本の一冊を眺め）ああ、あったね、こんなの。懐かしいな……。（とサインを）
赤井　怖かったですそれ。
下平　なに？
赤井　『水の中の白い顔』
下平　へえ、怖いんだ。

と、下平、海老沢がサインを終えるなりその本を手にし、帯にあるコピー文を声に出して読んだ。

下平　『昭和三十年、七月二十八日。三重県津市の海岸で、水泳を練習していた市橋北中学の女生徒三十六名が集団水死した。』なにこれ。実録もの？
赤井　生き残った方達に取材なさってるんです。
下平　へえ。
キオリ　波にのまれて沈んでゆくクラスメイト達の足をね……防空頭巾をかぶって、モンペをはいた女の人達がひっぱってたんですって。
下平　（眉間に皺を寄せ）なにそれ……。
赤井　調べてみると、事故のちょうど十年前、昭和二十年の同じ日に、B29の空襲にあって亡くなった人達の遺体のほとんどが、その海岸に埋められていたんです。

下平　（怖くて）ほんとかよ。

海老沢　（別の本にサインをしながら）ホントだよ。

赤井　（その本を指して）それも怖かった。

下平　……なんていうの。

赤井　『折れ曲がった首　飛び出した目玉』

下平　わもうタイトルからして怖いじゃない。

赤井　ある青年が中古のバイクを買うんです。

下平　別に内容は聞いてないですよ。

キオリ　値段が格安で、フォルムも気に入ったので、青年は迷わず貯金をはたいてバイクを買って、それでさっそく仲間とツーリングに出かけるの。

赤井　ところが目的地の湖を見おろせる山中の道路で右折しようとした青年は、きちんと前後左右の確認をしたにも拘らず、後ろから来たトラックにはねられてしまうんです……青年は即死……彼をはねたトラックの運転手はそれまで無事故無違反のベテランで、青年の乗ったバイクは見えなかったと主張したんです。

下平　（かなり怖くて）言うんだよそういう風に、認めちゃうとあれだから……。

キオリ　はねられた青年の死体は、見るも無惨な状態で、

下平　（遮って）首が折れ曲がって目玉が飛び出してたんでしょ、わかりやすいな先生も。（と笑った）

海老沢　そんなもんじゃないよ。

下平　え？
海老沢　目玉どころか。頭はタイヤに潰されてグシャリ……顔もなにもあったもんじゃなかった……あたり一面に脳漿が飛び散って、一緒にいた連中のTシャツは脳みそだらけだ……。
下平　……。
海老沢　別のタイヤは背中に乗っかった……腹が破けて胃やら腸やら肝臓やらがグシャグシャになって飛び出してきた。
下平　もういいよ……！
海老沢　胃の中から出かける前に食ったらしい牛丼が出てきた。
キオリ　お腹すいたな……。
下平　……。
キオリ　（父に）すかないお腹？
海老沢　んん、まだいいや。
下平　よくこんな話してる時に……。
キオリ　え？
下平　いや。
キオリ　嘘、じゃあたしだけなにか頂こうかしら。（と立ち上がる）
海老沢　もう少し待ちなさい。俺だって永遠に腹減らないわけじゃないから。
キオリ　そうね……。（と、座るなり）青年はそんな状態だったのに、
下平　いいよ続けなくて！

キオリ　どういうわけかバイクはハンドルが少し曲がっただけで、他には傷ひとつなかったんですって……。
下平　へえ、（心なさ気に）不思議不思議。
赤井　それで、あとで調べてみてわかったんです。
下平　なんであとで調べるんだよみんな！　いいじゃねえかよ調べなくても！
赤井　そのバイクの最初の持ち主は、バイクに乗ることなく亡くなっていたんです……アルバイトしてやっとためたお金が入った封筒をポケットに入れて、バイクを受け取りに行くその道で……横断歩道に突っ込んで来た車に轢かれて……首の骨を折って。
下平　あそっちなんだタイトルになった人は。
赤井　無念の死を遂げた霊がバイクに取り憑いていたんです。
下平　（まだブツブツと）なんで調べるんだろう……調べるから怖い話になっちゃうんじゃないねえ。調べなきゃわかんないのに……。
海老沢　警察がなに言ってんだ。
下平　え。
海老沢　調べろよ警察は。
下平　調べますけどね、そりゃ。

海老沢、すべての本にサインをし終えた。

赤井　ありがとうございました。
海老沢　いいえ。
赤井　あ、あと、

赤井、別のバッグからさらに一冊の本を出して、

赤井　これにもお願いできますか。

海老沢、赤井が出した本を目をやると、一瞬の沈黙。

海老沢　……ああ……。
下平　ああ、それね……。
赤井　電車の中でもう一度読み直してて……。お気の毒です……。
海老沢　（本を受け取るとひろげ、サインをしながら）十二年も前のことですよ……。

風鈴の音。

赤井　出てくるんですね……。
海老沢　え……？

赤井　四人のうちの一人……。出所してくるんですね……。
海老沢　ああ……。
下平　そうか……。十年ですすもんね……。
海老沢　……。
赤井　（本を示し）そんなことをしておいて、もう出てくるなんて……。
下平　何月でしたっけ。
海老沢　忘れたよ……。
下平　忘れたってことはないでしょう。（本を示し）決して許さないって書いてるじゃないですか。
海老沢　十年前に書いたんだ……変わるよ、気持ちなんてもんは……。
赤井　そうなんですか……？
海老沢　……。
キオリ　（どこか棘のある口調で）そうなんだそうです。
赤井　そんなはずないわ……。
三人　……。
赤井　お焼香を。
キオリ　……こちらです。
赤井　すみません。

キオリ、赤井、仏間へと去った。

下平　（小声で、嬉しそうに）なんか、怖いね、熱心な読者っていうのも。

海老沢　なにが。

下平　（赤井が去った方を指さして）「そんなはずないわ」って……あれ結局本の方を信じちゃってるわけでしょ先生より。先生が書いた本なのに。

海老沢　正しい読者じゃないか。

下平　（鼻で笑って）また思ってもないことを。

海老沢　なにが。じゃあおまえ、きったねえ面した板前が握ったうまぁい寿司と、ハンサムな板前が握ったまずぅい寿司と、どっち食うよ。

下平　板前のツラなんかどっちだっていいよ。両方食うよ。

海老沢　どっちかだよバカヤロー。うまい方かまずい方か。

下平　うまい方に決まってんじゃない。

海老沢　（満足げに、してやったりという顔で）な。

下平　なって、そんなことで勝ったと思われちゃっちゃたまんないなあ。

と、そこへ男の声。

男　頭痛薬ありませんか。

見れば、Yシャツ姿の男が立っている。

海老沢　あ……まだ痛むんですか？

男　いや、お腹の方は随分とあれしたんですけど、今度は頭が……もう少しだけ休ませて頂いていいですか……？

海老沢　ウチは構いませんよ。

男　申し訳ありません。

下平　（海老沢に）どちら？

男　（警官がいるので）あれ？　何かあったんですか？

海老沢　いや、何もありません。

男　（下平に）木村です。

下平　（名乗らぬわけにもいかず）下平です。

海老沢　タクシーの運転手さん。（木村に、下平を紹介して）お巡りさん。

下平　見ればわかりますよ。

木村　いきなり来たこともない土地にあれしたもんですから道に迷っちゃって……。

下平　ああ。

木村　客降ろしたあとグルグルグルグルおんなじとこ回ってるうちになんだかこのへんが（と腹を押さえて）キリキリーッとなって……いやあ、ボンヤリしてきちゃって、もうハンドル握ってるんだか何を握ってるんだか……まあハンドルなんですけどね……目はかすんでくるわ、なんか背中に嫌な汗が吹き出てくるわ、ボンネットの上には血だらけの爺さんが座ってるわで……。

下平　……え⁉

木村　え？

下平　血だらけの爺さん……⁉

木村　いや一瞬ですよ……。なんなんだか、いつもいつも……。

下平　（理解できず）……え……？

木村　よく見るんです、あんまり意味はないんです。

下平　いや、意味とか（そういうことじゃなくて）

木村　幻覚ですよきっと。そういうの子供の頃からよく見るんです。

海老沢　（興味を示し）ほう……。

木村　幼稚園の頃、近所のお婆さんに「明日死んじゃうんだね」とか言ったらしいんですけど、ちゃんと死にましたからね。みんなから不吉なガキだとか言われて。そういうの幻覚とは言わないか。なにしろ生まれて初めて喋った言葉が「死ぬ」ですから。まあそれは嘘ですけど。でもやっぱり、あんまり気味のいいもんじゃありませんよ……あ、頭痛いんだった。これじゃあ頭痛くないみたいですよね、痛いのに……ハハハ。

木村・海老沢　……。

木村　頭痛薬は？

海老沢　ああ。ちょっと待っててくださいね。

海老沢、去った。
木村と下平が残る
交わす言葉もなく、漠然とした時間がややあって——。

木村　（不意に）有名なんですかあの方。
下平　え？
木村　そうでもない？
下平　……。
木村　作家さんでしょ？　怖いの書いてらっしゃるんでしょ？
下平　海老沢十三先生ですよ。
木村　ああ。知らないや。字の本はあまり読まないからな……有名なんですか？
下平　（木村を嫌悪するように幾度かうなずいた）
木村　そうでもない？
下平　有名ですようなずいてるじゃないですか。
木村　ええ。へえ。有名なんだ。すごいですね。
下平　……。
木村　やっぱり人間てのはみんな気味悪いことが好きなんだな……だけど私なんかが言うのもなんだけど、バイクの話はもうひとつひねりが欲しくありません？
下平　（うざったそうに）はい？

木村　さっきの。バイクで事故って、持ち主が死んでてっていう、
下平　聞いてたのあんた。
木村　聞こえちゃって。（嬉しそうに）あ逮捕しないでくださいね。
下平　しませんよ。
木村　これは？

　と、木村、最後に海老沢がサインしたままテーブルの上に置かれていた本を手にした。

木村　『わが娘《こ》、サオリよ』。（ペラペラとめくり）ああ駄目だ。溢れんばかりの字だ。怖いんですか？　そうでもない？
下平　（それとなく無視）
木村　（無視されている自覚は皆無で、聞こえなかったと思ったのか、声を大きくし）怖いんですか？　そうでもない？
下平　その本はちょっと違う。
木村　え？　違うって？　なにが？
下平　……あんた、十二年前、女子高生が廃校になった小学校に監禁されて殺された事件知らないか。
木村　いいえ。え、小学校ですか？
下平　夏休みだよ……男女二人ずつ、計四人のグループが同級生の女の子を連れまわして、半ば拉致するような形でＳＭまがいの売春や窃盗を強制して金を巻きあげた……彼女が嫌がると、熱湯を頭

から浴びせたりボンナイフで体を切りつけたり、さんざんの凶行を繰り返した……夏休みが終わる頃の彼女は、右手、下腹部、両太股、背中に火傷を負って、身体全体にできた水ぶくれは破けて皮がむけ、皮膚はベロベロの状態になって、肉は真っ赤に腫れ上がっていた……。

木村　うわ。

下平　彼女がもはや売春の商売道具にはならないと判断した奴らは、金もなくなって、それまでのようにラブホテルを泊まり歩くわけにもいかなくなり、かといって今さら彼女を家に返すわけにもいかず、近所の、廃校同然となっていた小学校の理科室にたてこもった……金を稼がない彼女は、奴らにとってただのお荷物だった……リンチにも飽きた……なんとなくまずいんじゃないかって気にもなってきた……奴らはどうすればいいかわからなくなっていた……火傷を手当てされることもないまま放置されていたために、彼女の体は腐り始めていた……水疱が破れていたところから汁が滲み出す……ひどい腐敗臭が漂い始める……一週間後、奴らは、動くことも声を出すことも出来なくなった彼女を、縛り上げたまま放置して家に帰った……。そしてその晩……奴らのうちの一人が……。

木村　どうしたんですか……？

下平　学校に火をつけたんだよ……。

木村　わ。ＩＱ低いなやることの……。あれ？　なんでそんな話になったんでしたっけ。（しみじみ）私もＩＱ低いな……。

下平　その本。

木村　ああそうかそうか、（と再びページを繰って）その事件のことが書いてあるんですか。

下平　娘さんなんだよ。
木村　……え⁉
下平　殺されたの。
木村　え、誰の⁉　お巡りさんの⁉
下平　先生のだよ。自分の娘のこと
木村　（遮って）娘さんとは言わない。
下平　そうだよ。
木村　え、いつですか⁉
下平　だから十二年前だよ。
木村　ああ、……（ハッとして、非難がましく）さっき言ってたじゃないですか十二年前って。
下平　だから言ったよ！
木村　ああ……じゃ大変じゃないですか！
下平　大変だよ！
木村　わあ。（とか言いながらペラペラと本をめくった）あ本当だ、平成元年八月六日……あれ、今日何日でしたっけ？
下平　八月六日。
木村　そうですよね。ハムの日。あれ、じゃあ今日命日だ。
下平　十三回忌。
木村　十三回忌だ。あらあら、大変な時にお世話になっちゃったのかな。あれ？

木村の視線の先には、満面の笑みをたたえた老人が立っていた。

下平　……！
木村　（会釈）
老人　（ものすごく元気に）こんにちは。
木村　（笑顔で）こんにちは。おじいちゃん、先生に御用ですか？
老人　（さらなる笑顔で）はい、随分とお世話になったもんですからね、御挨拶を。
木村　あそうですか、（奥に）お客様ですよぉ。
下平　（呆然と）十日市さん……。
老人　（下平にやはりハツラツと）こんにちは。
下平　（顔面蒼白で）……！
木村　（下平に）どうしたんですか？
下平　（ようやく立ち上がり）先生！　先生！

下平、逃げるようにして去った。

木村　……なんだろう。
老人　なんでしょう。

木村　十日市さん?
老人　十日市です。
木村　お元気そうですね。
老人　(ものすごく元気に謙遜して) そうでもありません。
木村　いやいやぁ元気そうですよ。おいくつですか?
老人　八十五でした。
木村　?……でしたって、今はじゃあ八十六?
老人　(豪快に照れて) いやぁ、そこまでは。
木村　え?
老人　とても無理でした。最後はもう水ですら喉を通りませんでねえ。
木村　(混乱し) え、誰の話をしてるんですか?
老人　わしのことじゃないんですか?
木村　いや、おじいちゃんのことでいいんですけど、
老人　ああよかった……また間違えたかと思いました。わしが何か間違えるとノブの奴が叩くんですよ。
木村　ノブ?
老人　ええ、家内です。
木村　ああ。
老人　怖くてね。「とっとと死んじまえくそじじい!」って言って、ハエタタキやホウキの柄で叩く

んです。痛くてね。
木村　ひどいですね。
老人　ええわしが動けないのをいいことにね。ケイスケやハナエには嘘をつくんですよ。
木村　え？
老人　息子夫婦です。
木村　ああ。
老人　ほら、わしが喋れないから、嘘ついても訂正できないと思ってるんですよノブの奴ぁ。
木村　ムチャクチャ喋れてるじゃないですか。
老人　ええ……、おかげさまで……随分とよくなりました、
木村　ああ。
老人　生前と比べて。
木村　え？
老人　はい。
木村　生前て……
老人　かなりいいです。（とハデに動いた）
木村　（ハッとして）あんた……！
老人　（笑顔で）はい？
木村　さっきボンネットの上に座ってなかった？
老人　いいえ。

木村　（ホッとして）違うじいさんか……ならいいんだけど。よくないか！　え、あの、じゃあおじいちゃんはあれなんですか？　もう、

下平が海老沢を連れて戻ってきた。
赤井も少し遅れてやって来る。

下平　ほら！
海老沢　（ひどく怯えて）バカな……！　有り得ない！
下平　有り得ないって、実際にいるんですから！
海老沢　いい！　有り得ない！
下平　さっきよくあるって言ってたじゃないですか！
海老沢　いい！　俺はいい！
下平　いいってなんですか、先生に挨拶に来たって言ってんだから。
海老沢　いいよ俺は！
老人　（笑顔で）先生！
下平　ほら先生って！
老人　生前はお世話になりました。
下平　生前……死んだの⁉
海老沢　嘘だ！　有り得ん！　あっち行け！

老人　御心配おかけしましたが、もう大丈夫です……。ただ、あのお札やお守りはまったく効き目がありませんでしたね……。
海老沢　うるさい！　黙れ！
老人　息子に無駄金を遣わせちまって……。いや、ともあれお世話になりました。
海老沢　知らん！
赤井　どうしてそんなに怯えてらっしゃるんですか？……
人々　……。
赤井　ちっとも怖くなんかないわ……。

赤井、老人に近づいて、

赤井　……どうぞ……成仏なさってくださいね……。
老人　はい……ありがとうございます……。

とその時、電話がけたたましく鳴るので、赤井と老人、そしていつの間にか来て事態を見つめていたキオリ以外、皆ギクリとした。

老人　わしの訃報です……。
人々　……。

電話は鳴り続ける。
不意にカタカタという映写機の走行音がして、二方のスクリーンに、今そこにいる人々がセピア色の映像で映し出された。老人以外の皆、吸い込まれるようにそちらを見た。

老人　さようなら……。

そう言って老人は去って行く。映像の中で、老人の残像が流れ、亡霊のようだった。老人、いなくなった。映像も消えている。
下平がふと見れば、海老沢、気絶していた。

下平　……先生……⁉　先生！（木村に）手伝って！

木村　はい。

下平と木村、海老沢を運んで去って行った。電話はまだ鳴っている。キオリ、ゆっくりと電話に近づくと、受話器を取った。

キオリ　海老沢でございます……こんにちは……いえ、こちらこそ……そうですか……御愁傷様でございます……。

キオリ、静かに受話器を置いた。
家の外、石垣の前で演奏が始まる。イントロの中で、キオリはゆるやかな足どりで去って行く。赤井はその場でしばらくぼんやりと佇む。
死んだ少年と死んだロシア人。死者達の奏でる音楽――。

M―2　いわしのこもりうた

日暮れの　さびしい　電気みたいな
まぶしい　まぶしい　おかずを食べて
お茶碗を　手にしたまま
超音速で出かけた
空飛ぶ子供たちの消えていく低い空

老人（十日市）が現れ、少年とロシア人が迎え入れた。

ロシア人　イラッシャイ。
老人　ああどうも。
子供　お疲れさま。

老人　おう、元気だったか。
子供　死んだ。
老人　ああ。
子供　おじいちゃんは？
老人　死んだよ。ロシア人のヴァーニャさんは？
ロシア人　シニマシタ。
三人　（笑った）

魚屋さんが　空を見上げて
魚の　卵に　しるしをつける
ぼくらは　いつのまにか
縄ばしごに手をかけて
銀色のおなかにそっとメスを入れてる

夕焼け　子焼けを　照りかえしてる
魚の　おなかに　ナイフを入れる
ぼくらは　いつのまにか
体を脱ぎ捨てたまま
自分の影のできない地面をながめてる

日暮れの　さびしい　電気みたいな
子供の　頭に　アヒルがとまる
ぼくらは　いつのまにか
アヒルをとまらせたまま
自分の影の伸びてく地面に立ってる

3

曲のアウトロにのって、スクリーンには海老沢家のアルバムが映し出された。

十五年前、二十年前、あるいは二十五年前の古めかしい写真達——。

それら、なんということもない、どこにでもある写真の中には、確かに二人の、そっくりな顔をした女の子がいた。


二人してアルバムをめくっているのはキオリと赤井。

（映像も続くから、観客には、今二人がどんな写真を話題にしているかがわかる。）

同じ日の、数時間後。陽は沈みかけようとしている。

赤井　ほんとにそっくりですね。
キオリ　でしょ、そうなんですよ。
赤井　あ、ルービック・キューブ持ってる。
キオリ　流行ってたんですよこの頃。これサオリ「あたしにも借して」とかなんとか言ってるんだわ、ほら、この口許。
赤井　ああ。

キオリ　（ほんのは僅かながら、咎めるような口調で）……見てる？　ほら、ここ。
赤井　……ええ。

キオリ、ページをめくった。
そこには、幼い少女二人が揃ってマスクをしている写真。

赤井　あ、二人してマスクしてる……。
キオリ　大変だったの、このあと二人とも四十度近い熱出して。
赤井　うつしたんですね。
キオリ　え？
赤井　風邪、どちらかがどちらかに……。
キオリ　あのコが先。いっつもそう……ひきやすかったんですよ、風邪……。暑いって言うから窓を開ければ今度は寒いって言うしで……。そうそう、中学生の時、初めて二人だけで喫茶店に行ったんですね。
赤井　喫茶店？
キオリ　喫茶店。二人だけで。その時もね、「お姉ちゃん寒くないの？」って聞くから「ちょっとね」って言ったら、「じゃあ冷房弱くしてくれるように店員さんに頼んで」って……。
赤井　ああ……。
キオリ　「自分で頼みなさいよ」って言ったら、「じゃ我慢する」って。

赤井　（笑った）
キオリ　（笑って）仕方ないから頼んであげたんですよ。そしたら五分もしないうちに、今度は
赤井　暑いって？
キオリ　ええ。「冷房強くしてって頼んで」って。
赤井　頼んであげたんですか？
キオリ　ええ。恥ずかしかった。なんなんだろう、別に恥ずかしがることじゃないのになんだかすごく恥ずかしくて……悪いことしてるみたいな気持ちになって……。
赤井　わかります。
キオリ　そしたら今度は頼むやいなや「寒い」。
赤井　頼んであげたんですか？
キオリ　我慢させといた。
赤井　（笑った）
キオリ　（思いつめたように）頼んであげればよかった……。
赤井　……。
キオリ　案の定あのコ風邪ひいてた……。
赤井　……。

と、その時、「ごめんください」の声。
男の声だ。キオリと赤井、そちらを見た。

瞬時に明かり、暗めになり、死者達が演奏を始める。
それはほんの二小節程度の短いフレーズの繰り返しであり、音楽はいつの間にか止んでいる。
明かりが元に戻ると、赤井とキオリの前には一人の青年がいる。

キオリ　（視線を合わせず、青年に）申し訳ありませんけど、やはりお会いしたくないと。
青年　決してお時間はとらせませんから……。
キオリ　父は今日、体調がすぐれないんです。
青年　そうですか……。
キオリ　（きっぱりと）ごめんなさい。
青年　いえ。これ……。

青年、菓子折りらしき包みを差し出した。

キオリ　受け取れません。
青年　……。
キオリ　どうですか、久し振りに出てきて。
青年　……。
キオリ　世の中は、変わった？
青年　（どう答えてよいのかわからず、口ごもりながら）……いえ、

キオリ　変わってない？
青年　どうでしょう。
キオリ　どうでしょうって聞かれても困るわ、あたしが聞いてるのに。
赤井　あたし、はずした方が、（と立ち上がった）
キオリ　いいの、いてください。（赤井に、青年を指して）少年Ｃ君。
青年　……間宮将樹です……。
赤井　（冷やかに）こんにちは。
キオリ　さっき驚いたような顔してたでしょ。
間宮　え？
キオリ　あたしを見た時。
間宮　ああ。
キオリ　幽霊かと思った？
間宮　いえ……一度……裁判の時に……。
キオリ　ああそうですね。そうだそうだ、あの時もあなたあたしを見てびっくりしてたわ。
間宮　……。
キオリ　似てるでしょ……。
間宮　ええ。
キオリ　似てるんですよ。どうしたの？　父はお会いできないんです。
間宮　わかりました。

キオリ　はい……（間宮が動こうとしないので）なんですか？
間宮　お願いします。
キオリ　はい……？
間宮　サオリさんに、お線香を……
キオリ　サオリがあなたにお線香もらって喜ぶかしら。
間宮　……。
キオリ　ねえ、喜ぶかしら。
間宮　謝りたいんです。
キオリ　殺してごめぇんてですか？　十年かけて罪は償ったからチャラにしてってですか？
間宮　……。
キオリ　あの時、あなた、「今の気持ちを話せ」って言われて何て言いましたっけ。
間宮　はい？
キオリ　裁判の時よ、最初の公判、あなたがあたしを見て驚いた日。裁判官に「今の気持ちを言え」
　って言われて言ったでしょあなた、自分の気持ちを。
間宮　はい。
キオリ　なんて言いました？
間宮　反省してるってことを……
キオリ　あの時と同じように言って。同じ言い方で。まったく同じに言って。
間宮　（必死に思い出して）……本当に、

キオリ　（突如激昂して）違う！　本当になんて言ってないでしょ！
間宮　……。
キオリ　早く！　何て言ったのよ！
間宮　とても、
キオリ　違う！　あなた自分の言ったこと全然覚えてないじゃないの！　最初は「心から」よ！「心から」！「心から、海老沢サオリさんとご遺族には申し訳なく思っています。自分が犯してしまった罪は死んでも償いきれないと感じています」そう言ったのよ。弁護士の先生にそう言えって言われたんでしょ⁉
間宮　違います。
キオリ　死んでも償いきれないと思ってる人間が、刑務所出てくるなり遺族の家にいきなり押しかけてくる？
間宮　……すみません……。
キオリ　え⁉　来られないでしょ！　本当にそう思ってる人間は！　連絡もなくいきなり自分が殺した人間の家へ！
間宮　会って頂けないと思って。
キオリ　当たり前じゃない！　殺されたのよ家族を！　妹を！
赤井　（興奮状態にあるキオリをなだめて）キオリさん……
キオリ　ごめんなさい、大丈夫……。
間宮　すみませんでした……。

キオリ　軽々しく謝んないでよ……。
間宮　……。
キオリ　藤崎って言ったっけ、あの主犯てことになってるデブ。
間宮　藤崎。
キオリ　裁判の時さ、あいつ、裁判官に「もし、サオリがまだお金を稼げていたらどうしてたと思うか」って聞かれて、言ったじゃない。「多分、その後もリンチをしながら同じことを続けていたと思います」って、平然とした顔して……。あたしね、やっぱりちょっとここがおかしいんだなぁって納得したのよあれ聞いて。おかしいからああいうことが出来ちゃったんだなって。妙にうなずけちゃったの。ああこのデブは本気で言ってるんだな、嘘ついてないな、と思ったの、ヘンな話だけど。だからある意味信じられたのよあたしは。あのデブを。心から申し訳ないなんて思ってなかったものあのデブは。デブ崎は。デブ崎だっけ。
間宮　藤崎。
キオリ　逆に言うと、心から申し訳なく思えるような人間ははじめからあんなことしないってことよ！
間宮　……。
キオリ　なに？
間宮　いえ……。
キオリ　信じてもらえなくて残念です？
間宮　……。

キオリ　あんたが一人でいい子ぶって自首してなければ、みんな捕まらずに済んだんじゃないの？　え？　キチガイはキチガイを通してればさ……。

間宮　……。

キオリ　消防車のサイレン聞きながらビールで乾杯したんでしょ？　デブ崎が「十五年逃げ切りゃ時効だ」って言ったんでしょ。それでなに？　あんた調子よく、オー！　とかなんとか言ったの？　ねえ。

間宮　……言ったかもしれません。

キオリ　でしょ。たまったもんじゃないわよね、それで次の日自首されちゃ、オーッて言っといてね。裏切り者もいいとこじゃない……。そういうあなたの、行動原理？　まったく理解できない。まったく信じられない。一貫性がない。なんか気持ち悪い。常人になりすましてる狂人。煮え切らない。生煮え。生煮え君。やだ、なんか可愛いじゃない生煮え君て、あたしホメちゃった？　ねえ。

間宮　……。

キオリ　聞いてるのにな……。

キオリ、テーブルの上の、何か食べたあとらしき皿を示すと、わざとらしくソワソワと、

キオリ　片付けなきゃ、あたし、これ片付けなきゃ。どうしよう、ねえ。

木村　（ちょうど来て、その言葉に飛びついて）やりますよ私。（と皿を持った）

キオリ　（気まずく、トーン変わって）いいんです。（と皿を取り返した）

木村　あでもついでだから。（と皿を取った）
キオリ　いいんです。（と皿を取り返した）
木村　（間宮に気づいて、大声で）あれぇ⁉
間宮　（ボソリと）先ほどはどうも……。
木村　（笑顔、大声で）いえいえこちらこそどうも有り難うございました。なぁんだ、お客さんここに来るんだったたんですか？
間宮　はい。
キオリ・赤井　（言葉もなく）
木村　なぁんだ。じゃあ私も一緒に降りればよかったですねってそれ意味ないか。（と笑い、すぐ真顔になってキオリに）あれ医者呼んだ方がよかないですかねぇ。
赤井　そんなに良くないんですか？
木村　（何故か、間宮に多くの言葉をかけて）いや、二つの体温計で熱計ったんですけどね、一つは四十度近くて、もう一つは二十三度なんですよ。これ、どう解釈したらいいのかって今お巡りさんと。
間宮　（冷やかに）壊れてるんじゃないですか？
木村　（正解、とばかりに）壊れてるんですよ！　少なくとも二十三度の方は間違いなく壊れてますねって今お巡りさんと。
赤井　お休みになってらっしゃるんですか？
木村　ええ。（キオリに）十日市って誰ですか？

キオリ　え？
木村　うわ言をね……十日市がどうだとか、俺はもういいよとか。なんか夢で美味しいものでも食べてるんですかねぇ……（しみじみ）いいなぁ……。医者呼んだ方がいいですよ。
キオリ　運転手さんは？
木村　はい？
キオリ　もう大丈夫なんですか？
木村　（思い出したように頭を押さえ）それが痛むんですよ。
キオリ　……。
間宮　……海老沢先生なんですか？
木村　私？
間宮　いえ、今、熱を出されてる方。
木村　ああ、出てるんだか出てないんだか今ひとつあれなんですけどね。
間宮　お休みになってらっしゃるんですね海老沢先生は。
木村　ええ。
間宮　（キオリを見た）……。
キオリ　帰って。
間宮　……嘘……ついたんですね。
キオリ　そうですね。
木村　（話が見えずに）ん？　お休みですよ。

赤井　はい。
木村　医者呼んだ方が
キオリ　平気です。
木村　だけど
キオリ　しょっちゅうですから。
木村　あしょっちゅうならね。
キオリ　ええ。
木村　お手洗いお借りします。（と洗面所へ向かいながら一人言で）ああクラクラする。面白いほどに。

電話が鳴った。

木村　電話鳴ってますよ。
キオリ　聞こえてます。
木村　そりゃそうだ。

木村、去った。
キオリ、受話器をとった。

キオリ　海老沢でございます……どうも……いらしてますよ、ちょっと待ってください。（受話器をはずしたまま置き、間宮に）帰って。

　　キオリ、一度去りかけ、戻って、テーブルの上の皿を持って去って行った。

　　短い間の後――。

赤井　（ガラリと態度を変えて）遅いじゃない。
間宮　メールしたよ携帯に。
赤井　携帯入んないのよこの辺。
間宮　知らねえもんそんなの。
赤井　あたしだって知らなかったわよ。
間宮　じゃあしょうがねえじゃん。
赤井　（吐き捨てるように）ど田舎……。
間宮　わかんねえんだよメールとか、んなもんやったことねえんだから。
赤井　（いまいまし気に）遅いんだよ……。（間宮がじっと見てるので）なに見てんのよ。
間宮　いや、老けたなあと思って。
赤井　るせんだよ。十年たちゃ十個年食うんだよ。……見るなよ！
間宮　見ねえよ。
赤井　見るなよ。
間宮　少しは味方しろよ。

赤井　え？
間宮　さっき。
赤井　ヘンじゃんよあたしがあんたの味方したら……！
間宮　ヘンったって、もうちょっとなんかさりげなくかばうとかさぁ、帰っちゃうだろあれじゃ俺！
赤井　いるじゃんよ。
間宮　いるけどよ。
赤井　見るなよ。
間宮　見てねえよ。
赤井　帰りなさいよ。
間宮　線香あげたら帰るよ。一緒に帰ろうよ。
赤井　だからヘンでしょそれは！
間宮　別に手つないで帰るわけじゃねえよ。
赤井　当たり前じゃない。どう考えたって不自然でしょ一緒に帰るのは！　あたし「許せない」とか言っちゃってんだからねあんたのこと。
間宮　知らねえよんなの。
赤井　……。
間宮　気は済んだんだろ……。
赤井　（イライラと）なんで線香一本あげるのに偽名使って、気味の悪い本何冊も買って、重い思いして持ってこなくちゃならないんだか……。

間宮　あんたが来たくて来たんだろ……。だからやめろって言ったじゃねえかよ……。
赤井　別によかったのよ、別にいい気持ちだったんだけど、さすがに、人の弟のことああまでデブ崎
　デブ崎って言われるとさあ（やりきれず）……なんだか！
間宮　しょうがねえよ太ってたんだから。
赤井　藤崎だもん！
間宮　（僅かに慰めるようなニュアンスで）藤崎だけどさ……。しょうがねえよ太ってたんだから。
赤井　……。
間宮　それに……加害者なんだから。
赤井　……そうだけど。
間宮　そうだよ。
赤井　……。
間宮　俺も、あんたの弟も……人、殺したんだから。
赤井　……。

赤井、置かれた受話器を見てハッとした。
電話の相手に聞かれているかもしれない。

赤井　電話！
間宮　え？（気づいて）あ！

間宮、電話に駆け寄ると、思わず受話器を置いた。

赤井　何やってんの！
間宮　聞かれてたろ今の！
赤井　だからって、余計ヘンに思われるじゃないよ！
間宮　だって
赤井　だってじゃねえよ！　なにも悪いことしてないんだからね、線香あげに来ただけなんだから！
間宮　でも
赤井　切ってどうすんのよ！
間宮　……（何を言うかと思えば）うるせえ！
赤井　うる……バカ！
間宮　だと！
赤井　切っちゃだめだろっつの！　これ、切っちゃっちゃ、切っちゃ、切っちゃっちゃ
間宮　るせえ！（と赤井の胸ぐらをつかんだ）
赤井　やめてよ！
間宮　殺すぞ！

とその時、下平が来た。

下平　……⁉　何してる……！
間宮　あ。
下平　あじゃない。（一瞬尻込みするが、勇気をふりしぼって二人に駆け寄り）離しなさい。（赤井に）
　大丈夫ですか。
赤井　はい。なんか急に。
間宮　！　違うんです。
下平　何が違うんだ。
間宮　……。
下平　え？　何が違うんだ。誰だあんた。
間宮　いや、
下平　いやってなんだ。
間宮　……。
下平　誰だ。
赤井　サオリさんの……
下平　え？
赤井　刑期を終えて……
下平　ケーキ？

下平、テーブルの上の、間宮が持ってきた菓子折りに目をやった。

赤井　出所してきたんです……。
下平　（じっと考えていたが、ハッとして）ああケーキって、
赤井　ええ。
下平　ケーキかと
赤井　刑期。
下平　刑期ね。ああ。
赤井　刑期。
下平　刑期か
赤井　刑の期間。
下平　いやもうわかってます。
赤井　ああ。
下平　ええ。

下平、ここで初めて、間宮が誰なのかピンときて、間宮の方に向き直った。

下平　じゃあ……
間宮　（一礼）

下平　ああ。
間宮　間宮です……間宮将樹です……。

下平、十年の刑期を終えてそこにいる間宮に対し、果たしてどのような態度をとったらよいものか計りかねたのだろう、結果、妙に神妙な態度になった。

下平　うん……大変だったよな……。
間宮　はあ……
下平　十年はな……。
間宮　はい。
下平　うん。
間宮　……。
下平　……。（冗談めかして）でも駄目だな、また殺すぞとか言ってちゃな。
間宮　冗談です。
下平　冗談だろうけどさ、本当にはアレなんだろうけど。
間宮　すみません。
下平　うん……。
赤井　……。
下平　（赤井をチラと見た）

赤井　？
下平　（間宮に）なにか言われたのか？
間宮　え？
下平　いちいち腹をたててたらキリがないぞ。
赤井　はい？
下平　誹謗中傷には慣れていかないと。時にはいわれのない非難を受けることだってそりゃあるだろうけどな。
間宮　はい。
赤井　私は
下平　（赤井の言葉を手で制し、うんうんとうなずいてから、再度間宮に向かい）見てる人はちゃんと見てるから。
間宮　ありがとうございます。
赤井　ちょっと待ってください。
下平　いえ今のことがどうだとか言ってるんじゃないんです。
赤井　（不満）
下平　（ハッとして）あれ、電話。
赤井・間宮　……！

とその時再び電話が鳴った。

下平、やや躊躇してから受話器を取った。

下平　はい海老沢でございます……あ、どうもいつもご苦労様でございます、って俺だよ、気づけバカ。警察官がそんなだから世間様に非難されるんだよ。似てたって誰に似てたんだよ、別に俺誰の真似もしてねえよバカ。（意地悪く）じゃ似てたら騙されちゃうのかよおまえは、「まあそのぉ」って言って出たら田中角栄だと思っちゃうんだ。「サザエでございまぁす」って言って出たらサザエだと思っちゃうんだ。思いませんじゃねえよ当たり前だろバカ。でなんなんだよ用件早く言えよ。知らねえよ、切れたって、なに？　俺のせいだっていうのかよ。

赤井・間宮　……。

下平　（イライラと、めんどくさそうに）知らねえよ！　でなんなんだよ忙しいんだよこっちは。ああ……ああ……だから、教えたろ、そういう時はなんて言うんですか？　……「警察は、事件にならないと動けないんです」……そう……そう……実際そうなんだから胸張って言やいいんだよ……どうせ家出だよただの……

三方の通路に、受話器を持って立っている三人の警官が浮かび上がった。警官ＡＢＣである。だが、三人の警官は実は一人なのだった。

警官ＡＢＣ　しかし、

下平　どうしろって言ってんだよ親は。

警官ＡＢＣ　ですから、具体的な対応を
下平　具体的って、小学生が二週間いなくなっただけだろ。
警官ＡＢＣ　三週間です。
下平　同じだよ二週間も三週間も。「二学期始まっても帰ってこなかったら家出人の捜索願書いてもらいますから」って言っとけよ。三学期でもいいけど。
警官ＡＢＣ　はあ。
下平　なに市民に振り回されてんだおまえ。
警官ＡＢＣ　はあ。
下平　何人いるんだおまえは。
警官ＡＢＣ　一人です。
下平　当たり前だよ。
警官Ａ　すみません。
警官Ｂ　すみません。
警官Ｃ　すみません。
下平　なんで三回言うんだよ。
警官ＡＢＣ　すみません。
下平　すみませんで済んだら俺達いらねえんだよ。
警官ＡＢＣ　はい。
下平　はい。（受話器を置く）ったく……。

警官ＡＢＣ　すみません。
下平　切ったよもう。
警官ＡＢＣ　はい。

警官ＡＢＣ、去ろうとした。

下平　あ、それから
警官ＡＢＣ　はい。
下平　おまえさ、ここに電話すりゃ俺つかまると思ってない？
警官ＡＢＣ　はい。
下平　はいじゃねえよ。
警官ＡＢＣ　……。
下平　あまりこの家に直接電話してくんなよ。
警官ＡＢＣ　……。
下平　返事は。
警官ＡＢＣ　はい。
下平　はい。いいよもう行って。切ったんだから。
警官ＡＢＣ　はい。

警官ABC、去った。
少しの間。

赤井　……大変ですね。
下平　ん？（笑って、どこかごまかすように）いや別に大変じゃないですよ。（間宮に）大変だな。
間宮　いや、別に大変じゃないです。
下平　……じゃ、よかったじゃないか。
間宮　はい。
下平　……。
赤井　……。
間宮　……。
下平　（赤井に）大変ですか？
赤井　いえ……別に大変じゃないです……。
下平　じゃよかった……。
赤井　はい……。

まったりとした気まずい空気の中、遠雷。

下平　（雷の音に救われたように）雷か？（間宮に）雷かな？

間宮　そうですね。

下平　あっちゃあ……。

下平、そう言うと、テーブルの上のアルバムになんとなく目を落とした。
生演奏のイントロが始まる。

赤井　子供が家出したんですか……？

下平　（その話題を避けるように）ん、いやいや……へえ。どこんちもアルバムっていうのは似たようなもんなんだな……。

4

遠雷。雨。
間宮、下平、赤井の風景止まって――。
雨の中、少年がぼんやりと見える。

少年　その日、久し振りに降った雨のおかげで、井戸の水かさが増して、ようやく僕は発見してもらうことが出来た……。やっと見つけてもらえたから僕はとても嬉しかったのに、おとうさんも、おかあさんも、おじいちゃんも、とても悲しそうな顔をしながら僕を箱に詰めた……。おかあさんなんか、見たこともないような顔をしてわんわん泣いていたものだから、僕はおかあさんの気が狂っちゃうんじゃないかと思って心配になった……。僕はとても嬉しかったのに、みんなはいつまでもいつまでも、雨と競争するみたいにして泣いていた……。

M―3　ガウディさん

耳の長い男　信号待ちしている
黄色い旗を振ったら　黄色い戦車やってきて

町を壊しはじめたので　ドイツのコインを入れて
彼女に電話した　彼女に電話した

でもひどい雨が　突然落ちてきて
みんなカラフルな　傘をさしたので
海に出かける約束は　犬がくわえて
行っちゃったよ　行っちゃやたんだよ

十日市のじいさんが唄うなか、喪服の男達が子供用の棺を運んで舞台を通過する。（その風景は間宮、下平、赤井には見えていない）
やがて、音楽が終わると明かりは元に戻り、舞台上には間宮、下平、赤井の三人だけになった。
前景から二十分後。
木村が来た。

木村　降ってきちゃいましたねえ……。（どこか嬉しそうに）これ今日は帰れないなぁ……。（赤井に同意を求め）ねえ。
赤井　（なぜ私に、と思いつつ）いえ、帰りますよ。
木村　お、アルバム？（と見ながら嬉しそうに）人んちの昔の写真て気味悪いんだよな。
下平　じゃ見なきゃいいじゃないですか。

木村　ええ。（と見続ける）
下平　……。
赤井　（業を煮やして間宮に）どうするんですか？
間宮　なにが？　ですか？　雨？
赤井　え？
間宮　はい？
赤井　帰らないんですか？
下平　ん、帰るのか？
間宮　いえ、
赤井　帰るんじゃないんですか？
間宮　線香あげてから。
下平　（驚いて）そりゃそうだよ。線香あげなきゃ。
間宮　そうなんです。
下平　え、なに、まだ線香あげてないの……!?
間宮　はい。
下平　（立ち上がり）こっちこっち。
間宮　（ついて行って）あはい。
下平　そんな、まず線香だろ。
間宮　すみません。

赤井　（制して）でも……

下平　（立ち止まり）え？

赤井　先生が、

木村　（アルバムに目を落としたまま）だから先生寝てますって。

下平　（赤井に）具合悪いみたいなんですよ、なんだか熱があるみたいで。

赤井　伺いました。

下平　ええ。

赤井　いいんでしょうか？

下平　え？

赤井　先生ご本でも、彼らのこと（と間宮を示して）

下平　え？

赤井　許さないって。

木村　ん？

下平　ああ、でもほらそれはさっき本にあれしてる時先生も、ねえ、気持ちは変わるよって。

木村　え？　なんですか？

赤井　ですけど、キオリさんが

下平　え？

木村　え、なんで許さないんですか？（まったくわかっていない）

下平　いやあ、だってねえ、線香くらいなあ。

間宮　はい。
木村　え？
下平　ここまで来といて線香あげないで帰ったらなあ。
間宮　はい。
下平　昔俺も銭湯行って牛乳だけ飲んで帰ってきたことあったけど。
木村　ああ、何牛乳？　フルーツ牛乳？
下平　そんなことはどうだっていいんですよ。
木村　え？
下平　あんたは帰れるでしょう、車なんだから。
木村　ええ、でもこの辺り暗いみたいだし、なにしろ頭痛が。（とアルバムに目を）
下平　……。じゃあ雨のせいで帰れないみたいな言い方すんなよ。
木村　え？
下平　降ってきちゃったなぁって言っただろ。
木村　ええ、降ってきちゃったから。
下平　いや、だから、そのことと帰れないこととは関係ないだろ。
木村　関係ないですよ。
下平　……。
木村　え、何が問題なんですか？　雨が降ったのは私のせいじゃないですよ。
下平　（イライラと）んなこと言ってんじゃないよ！

木村　え？
下平　いいよもう。行こう。
間宮　はい。
木村　（笑いながら、赤井に、下平を指して）困った人だ。
下平　（とたんに爆発して）関係あるみたいに言っただろ！
木村　（じっとアルバムを見ている）
下平　降ってきちゃったなぁだから、帰れないなぁそういう文脈に聞こえたんだよ！　おい！
木村　これ……この女の子、すごい火傷ですね……この顔……。
下平　……え……。
赤井・間宮　……!?

雨の音。

木村　火傷でしょこれ？　ほらこのルービック・キューブ持ってる子……。

赤井、アルバムを覗き込んだ。思わず悲鳴をあげてアルバムを閉じる。

木村　（悲鳴に驚いて）どうしたんですか？
赤井　（声にならない）

下平、アルバムに駆け寄った。

下平　どれ！
木村　え、（アルバムをめくりながら）この……あれ？（ものすごく驚き）あれぇ！
下平　どれだよ！
木村　これ今……
下平　え？
木村　（愕然と）……。
下平　なんだよ！
木村　おかしいですよ！　だってこれ、（赤井に）ねえ！　これ！
赤井　……。
木村　すごい顔でしたよねこの子！（同意を得ようと）ねえ！
赤井　（それには答えず半泣きで）やだぁ！
下平　（実は怖いのだが、必死に笑みを作って）なに言ってんの。俺さっき見てたもんこの写真。焼けただれてたでしょ顔。ケロイドみたいな……！
下平　笑えねえよ。
木村　笑わせようとしてませんよ！　聞いてくださいよこの人に。（と赤井に）なってましたよね！
赤井　（泣きそうな顔で、大きく）なってません！

木村　ほら！（と、そら見ろとばかりに下平の方を向いてから、ハッとして赤井に）なってたじゃないですか！
赤井　なってません！
木村　そんな！
下平　ほら、なってないって。
木村　じゃなんで（先ほどの、写真を見た時の赤井をマネして悲鳴をあげ）……ってなったんですか！（もう一度マネして）ってなったでしょ！
赤井　なってません！
木村　ええ！
下平　なってないよ。
木村　あお巡りさんまで！　なったじゃないですか！（さらにマネして）って！
下平　なってない。

赤井、手で顔を覆い、うずくまって震えていた。

木村　（それを指して）ほら、あきらかに状態ヘンじゃないですか！（マネして）ってなったからでしょ！（間宮に）ねえ！　この人（マネして）ってなりましたよね！　ちょっと！
間宮　……。
木村　聞いてすらいない。こんなことばっかりだ。

間宮　……。
下平　（間宮に）どうした。
間宮　声が……
下平　え。
間宮　いえ……声が聞こえたような気が……。

雨の音。

下平　誰の声。
間宮　悲鳴のような……うめき声のような……。
下平　……。
間宮　ほら……！　聞こえませんか……!?

雨の音。

下平　聞こえないよ何も。
間宮　聞こえますよ……ほら……。
下平　……聞こえないよ声なんて！
間宮　（聞いてるような）

赤井　やめてよ……！
間宮　サオリだよ。
赤井　やめてってば！

間宮の息、徐々に荒くなる。

下平　おい、……おい大丈夫か……。

間宮、膝を折って頭を抱え込んだ。

下平　おい！
間宮　苦しそうな声だ……
下平　声なんか聞こえないよ！（木村に）なあ！
木村　聞こえます！
下平　あんた意地張ってどうすんだ！
木村　張ってないですよ意地なんて！（明らかに張っていた）
下平　嘘つけ！（間宮に）しっかりするんだ。
木村　（あからさまに嘘なのだが）ああこれは苦しそうだ。
下平　（いまいましげに木村を見て）……。

間宮　（不意に）違う……！
下平　？
間宮　サオリの声じゃない……子供だ……。
下平　え……？
間宮　子供の声だ……女じゃない……。
下平　子供……⁉
間宮　泣いてる……早く見つけてって言って泣いてる……。
下平　（異様なまでに大きく否定して）聞こえないよそんなものは！
赤井　ホントだ……
下平　！
赤井　子供の声。
下平　あんたまで。
赤井　やだ！　聞こえる！
下平　聞こえない！　そんなものは聞こえない！
木村　聞こえるよ。
下平　だから意地張るなってば！
木村　（下平を制し）……本当に聞こえるんですよ……さっきのは嘘だけど今は本当に……なんだよこれ……耳じゃない……頭の中だ……。
赤井　呼んでる……。

木村　うん呼んでる……呼んでるよ……。
間宮　一人じゃない……何人もいる……
下平　ヘンだよあんた達！
間宮　みんな泣いてる……。
下平　黙れ！　黙れ！

下平も確かに聞いた。
遠く、かすかに泣き叫ぶ子供達の声――。
「苦しいよ……」
「お母さん……！」
「……痛い！……痛い……！」

下平　（宙に向かって大声で叫び）黙れ！　うるせえ！　黙れ！
間宮・赤井・木村　（下平を見た）
下平　（耳を塞いで絶叫し、椅子などを倒して）うるせえ！　あああ！

照明が変わった。

木村　お巡りさん！　どうしたんですか！　しっかりしてください！

下平　黙れ！
木村　いや、だって、黙ってられませんよ！
間宮　病院。（電話機の方へ）

騒ぎを聞きつけてキオリが来た。

キオリ　何、どうしたの……。
赤井　わかりません！　突然。
木村　降ってきちゃいましたねぇなんて話してたら、急に苦しみだして。

下平、頭を押さえてうめきながら床を転げ回った。

キオリ　（受話器を手にした間宮に）なに……!?
間宮　救急車を。

キオリ、電話機に向かうと、間宮から受話器を乱暴に奪った。

キオリ　帰ってって言いましたよね……。
間宮　謝りたいんです。

キオリ　いい加減にして。

キオリ、叩きつけるように受話器を置いた。
雷。雨の音が強くなる。

木村　だけど、この雨じゃねぇ。
下平　（うめいた）
木村　大丈夫ですか。
赤井　（下平に）何か飲みますか？

赤井、テーブルの上のハーブティーを下平に。

キオリ　（不意に）新しいの入れてきます。（とグラスを奪った）
木村　それより、病院。（と電話を）
キオリ　（強い口調で）勝手なことしないで。
皆　……。
キオリ　ここはあたし達の家です……あたしとサオリの。

5

雨はいっそう強くなった。

溶暗。

明かりがつくと、死者達が音楽を奏ている。ロシア人がまるで日本人のように流暢に唄を唄う。

M―4　さよならおひさま

遅く起きた朝はどこかに
沈んだまんまでうまくできない
冷たい水
今日は晴れてる
晴れの日とわからせてくれる窓

かわりないこと
はじまりをもてないこと
途中が続いていくこと

何のわけもなく不機嫌になること
さよならおひさま
ぼくはもういいや　これで終わりにする

間奏で、少年の語りが入り、以下、スクリーンには、少年の語りにそったイラストが投影される。

少年　ロシア人のヴァーニャさんがピストルで自分の頭を撃ち抜いたのは、僕がお巡りさんに井戸に突き落とされたのと同じ日だ。盗んだ自動車を貨物船で密輸するお仕事で、三ヶ月に一度、ロシア船に乗ってサハリンから日本にやってきていたヴァーニャさんは、日本人の女の人に恋をした。相手は、港にある、本や食べ物を売る古ぼけたお店の、店番をしていた娘さんだ。名前をトシコさんといった。ところがある日、船を降りたヴァーニャさんが駆け足でお店に向かってみると、お店はもうなかった。取り壊されていたんだ。ヴァーニャさんは近くでイカを釣っていた男の人に流暢な日本語でこうたずねた。

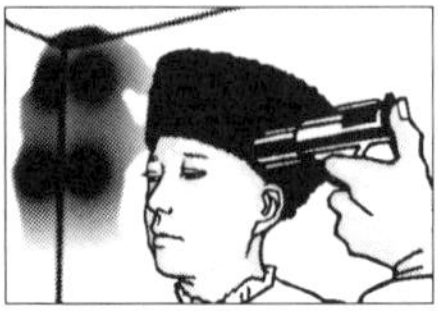

ロシア人　（声にはエコーがかかって）ここにあったお店はどうしましたか？　私はトシコを愛していますか？　ここにあったトシコはなぜなくなりましたか？

少年　するとイカを釣っていた男の人はこう答えたんだ。

イカを釣っていた男が、釣ったばかりのイカを片手に持って浮かび上がった。

イカ男　（やはりエコー）ああ、あの女なら海に身を投げて死んだよ。

少年　男の人の言ったことが出まかせだったとわかったのは、ヴァーニャさんが死んで、何日かたってからのことだった。トシコさんは生きていた。店に缶詰めを買いに来た別のロシア人に一目惚れしたトシコさんは、その男の人と結婚して、ロシアのハバロフスクで幸せに暮らしているそうだ。

唄、続く。

かわりないこと
はじまりをもてないこと
途中が続いていくこと
何のわけもなく不機嫌になること
さよならおひさま
ぼくはもういいや　これで終わりにする

さよならおひさま
とても簡単なことでしょう
さよならおひさま

曲、終わった。
少年、ロシア人、十日市のじいさんの三人、石垣の前でボオッとしている。

ロシア人　死を恐れながら生き長らえていると、悪魔に命を奪われます。（老人を見た）
老人　（わかったのかわからないのか、笑った）
ロシア人　しかし、冷静に死を受け止めれば、天使が人間を、地上から開放してくれます。
老人　ああ。ねえ。
ロシア人　わたしの言うことわかってますか？

老人　わかってますよ。
少年　むずかしいなぁ。
老人　ロシア人　むずかしくありません。
ロシア人　赤ん坊は踊りません。
老人　ロシア人てのはあれかい？　やっぱり赤ん坊の頃からコサックダンス踊るのかい？
ロシア人　ああ。
老人　ですからいいですか、冷静に死を受け止めるんです。
ロシア人　ロシア人てのは生まれてから死ぬまで一度も笑わないっていうのはあれホントなのかい？
老人　笑います。
ロシア人　ゴルバチョフさんの頭のシミはあれ、どっかの島の地図だっていうのは本当かい？
老人　本当です。
ロシア人　ピロシキっていうのはあれ、パンなのかい？
ロシア人　パンみたいなものです。

と、突然、少年が『ロシヤのパン』という唄を1コーラスだけ唄った。

M―5　ロシヤのパン

おかあさんはロシヤのパンを焼く

台所をいい匂いでいっぱいにする
柱時計の針をなおしている僕を
アルトの声でよんでる
おかあさんはロシヤのパンを焼く
おやつはいつだってトラピストクッキー

老人　なんで急に唄うんだい。

少年、それには答えず、「あ」と言うと、近くに落ちていた石を拾い上げた。

老人　石じゃないか。
少年　（嬉しそうに見ている）
老人　（微笑んで）子供だな、所詮。
少年　（石を見つめて）かわった形の石。

と言うや否や口に入れてボリボリと食べた。

老人　（ニコニコ見ていたが）食った！

老人とロシア人、あわてて少年のところへ行き、

老人　出しなさい！

少年、逃げた。

老人　あ！　待ちなさい！　石食っちゃ駄目だ！

少年を追って老人、去った。

ロシア人、二人の背中を見ていたが、

ロシア人　聖母マリア、死を迎える今罪深い私達のために祈ってください。

音楽が流れ、風景変わる。

雨はまだ激しく降っている。

時刻は二、三時間後といったところか。

間宮、キオリ、海老沢、木村、赤井がいる。

どうした成りゆきか、人々が囲むテーブルにはビールが何本か並んでおり、海老沢は果物ナイフでリンゴを剥いている。

キオリは一人、輪からはずれてソファーにいる。

間宮　これ本当にあった話なんですけどね、一緒に務所入ってた奴の姉貴の話です。
海老沢　うん。
間宮　ある日の夜ね、買い物の帰りだったかなんだかで、車で走ってたんですって。
海老沢　友達のお姉さんが。
間宮　ええ、一緒に務所入ってた奴の。そんで、あまり人気のない山道だったらしいんすけどね、後ろの車がパッパカパッパパカクラクション鳴らして、ずっとついてくるんですって。
海老沢｝（同時に）うん。
下平　　　　　　　ええ。
間宮　で最初はどうせ田舎のヤンキーがナンパかけてきてんだろうと思ってシカトこいてたらしいんですね。
海老沢　（一瞬理解できず）ん？
木村　通訳しましょうか？
間宮　え？
海老沢　いや大旨わかります。それで？
間宮　で、シカトこいてたんだけど、いつまでたってもクラクション鳴らしてついてくるんで「うるせえんだよいい加減にしろよ」と思って止まったそうなんですよ。
海老沢　うん。

間宮　で「ざけんじゃねえぞ」と思って、車降りて、そしたら後ろの車の男も車降りてきて、車の後ろとこ指さして「なんか引きずってますよ」って言うんですって。で見てみたら死体だったんです。

木村　わ。

間宮　どっから引きずってきたかはわかんないんですけど。女の人の死体。

海老沢　へえ。

間宮　で、それが縁でその二人、結婚したそうなんですよ。

木村　なんだいい話なんだ。

間宮　ホントなんですよこれ。

木村　死体がとりもつ縁だ。

間宮　（流すように）そうですね。

木村　結婚式で司会者が「えー、二人は死体のご紹介によりぃ」って言ったんだ。

間宮　（再び流すように）言ったんじゃないですか。

海老沢　へえ。（とビールを飲む）

キオリ　やめといた方がいいんじゃないの。

海老沢　大丈夫だよ。

木村　でもお酒はねぇ……。

海老沢　平気ですよ。自慢じゃないんですけどね、私、この二十年で医者にかかったのは盲腸の手術した時だけなんですよ。

間宮　無理してるだけなんじゃないですか。
海老沢　まあね。（冗談めかして）お守りだなんだあれしてる人間が医者にかかってちゃ、ってのもあるんだよ実際んとこ。

間宮、海老沢に合わせるようにして小さく笑うが、木村が大爆笑。

木村　アハハハハハ！
一同　…………。
海老沢　（面喰って）なにが可笑しいんですか？
木村　いやいや、顔が。（個人的に海老沢の顔が可笑しかったらしい）
海老沢　……。
木村　え？　お守りって？
海老沢　いえ。（と話を切り上げようとするが）
木村　（なおも）なんですかお守りって。
海老沢　霊的なことで困ってる方のための相談室というかな、そんなようなことをね、やってるんですよ。
木村　え？　相談室？
海老沢　ええ。
間宮　除霊とか、悪魔払いとか、そういう？

海老沢　んんそこまではあれなんだけどね。霊視といって、まあいろいろ見えちゃうもんだから……
　アドバイスをね……。
間宮　ああ。
木村　え？　儲かるんですか？
海老沢　儲かりませんよ。
間宮　アドバイスって、例えば？
海老沢　お参りに行きなさいとか、そういったね。
木村　そんなんだったら誰にだって言えるじゃないですか。
海老沢　……。
キオリ　（笑った）
木村　（その笑いを同意と判断したのか、キオリに）ねえ。ああそりゃ楽でいいや、そんなんでお金
　もらえてたら。え、タダですか？
キオリ　いいえ、一時間二万円。
木村　二万円？　わ、そりゃないや。安いソープより高いや。（キオリに）ねえ。
キオリ　そうなんですか。
木村　（赤井に）ねえ。
赤井　知りません。
木村　知りませんて、いつ働いたっておかしくないですよ。
赤井　（一瞬考えたがよくわからず）はい⁉

間宮　（思わず笑った）
赤井　（ムッとして間宮に）なんですか⁉
間宮　いえ。
赤井　……。
間宮　知念さんでしたっけ？
赤井　赤井です。
間宮　あ全然違った。
木村　なんですか知念て、わざと間違えたでしょう。
間宮　いやいや。

間宮、他の人々に気づかれぬように、チラチラと赤井を見ながら、ニヤニヤしている。

赤井　（気づいていて）……。
海老沢　（間宮に、赤井を指して）俺より俺の本読んでるんだよ。
赤井　そんなことありません。
間宮　へえ。
海老沢　新刊はお送りしますよ。
赤井　いえそんな、とんでもありません、買いますから。
海老沢　いえいえ、お送りします。

赤井　すみません……。
海老沢　どうですか、お守り。
赤井　え。
海老沢　厄払いに。
赤井　はあ。
海老沢　持っとくと安心ですよ。
赤井　（そう言わぬわけにもいかず）そうですね。

と、赤井がチラッと見ると、間宮は可笑しくてたまらんといった顔で赤井を見ていた。

赤井　……。
海老沢　安産や交通安全もありますけどね、厄払いっていうのが一番、なんにでもあれだから。
赤井　ああ……（仕方なく）じゃあ厄払いで。
海老沢　一つでいいですか？
赤井　え……!?
海老沢　お友達にも。
赤井　あ、とりあえず一つで。
海老沢　ああそう。（キオリに）おい、厄よけ一つ。
キオリ　今？

赤井　（慌てて）あ、帰りで。
海老沢　そうですね……。

なんとなく話がおさまり、赤井、ホッとしたような――。と、その時、

海老沢　お代金だけよろしいですか。
赤井　え!?　あはい。おいくらですか？
海老沢　本当は二万五千円なんですけどね、
木村　ええ!?
海老沢　一万五千円で結構です、遠くから来てもらっちゃったから。
赤井　ありがとうございます。
間宮　（思わず笑ってしまう）
赤井　（間宮をキッと睨んだ）
間宮　（目をそらした）

赤井、仕方なく、海老沢に金を払った。

海老沢　あ、じゃちょうど頂きます。
赤井　すみません。

海老沢　いえいえ。
木村　（まだその額が信じられぬというように）一万五千円て……。

雷鳴。

木村　（奥の部屋を気にして）大丈夫ですかねお巡りさん。
海老沢　大丈夫でしょう。
木村　でもホント、狂っちゃったかと思いましたよねぇ。
間宮　そうですね。
木村　（下平のマネをして）「うわああっ！」って。危ないですよあんなお巡りさんばっかりだったら。「公務執行妨害で逮捕する。おとなしくうわあああ！」なんて。あなたがおとなしくしなさいって話ですよ。
海老沢　なんだろうね……。（と、キオリを見た）
キオリ　（きっぱりと）わからない。
海老沢　交番には連絡したのか？
キオリ　ええ。「気の済むまで休ませてやってください」って言われた。
海老沢　まったく心配してないな。奥さんには？
キオリ　向こうから電話入れといてくれるって。
海老沢　うん。

木村　あのお巡りさん奥さんいるんですか？
海老沢　ええ。子供も二人いますよ。
木村　へえ。奥さんきれい？（赤井に）そうでもない？
赤井　私は知りません。
木村　そりゃそうだ。先生は奥さんは？

りんごを剥いていた海老沢の手がすべり、手にしていたナイフが指の肉を小さくえぐった。

海老沢　あつっ！
木村　あ切った⁉
赤井　大丈夫ですか？
海老沢　大丈夫です大丈夫です。（と指をなめた）
間宮　あ俺バンソウコウ持ってます。（とカバンの中を探った）
海老沢　大丈夫です。
キオリ　持ってくる。
海老沢　（制して）大丈夫だよ。
木村　（冗談なのだろう）お参りに行きなさい。（と一人、嬉しそうに笑った）……え、で先生は奥さんは？
海老沢　……。

木村　？
海老沢　……。
木村　奥さん。
海老沢　……消えちゃったんですよ。
木村　え？
間宮　（まだカバンの中をガサゴソやっていて、見つからず）あれ……。
キオリ　（海老沢に）いいじゃないなんでもかんでも話さなくたって。
木村　え消えたって？　神かくし？
海老沢　出てったんです。
木村　え愛想つかして？
海老沢　まあそうですね。
間宮　（まだ探してて）あれぇ。
赤井　（蔑むように）いつまで探してるんですか？
間宮　（あきらめて）ありませんでした。
木村　（ズッコケてみせて）なんだよおい。ハハハハ。
間宮　（海老沢に）すみません。
海老沢　大丈夫だから。
木村　（間宮が見ていなかったので、間宮を自分に向かせると、わざわざもう一度ズッコケてみせて）なんだよおい。ハハハハ。（で、自分勝手に話を戻し）えなんで愛想つかされちゃったんですか？

浮気？　博打？　酒？　絶望？
間宮　（冷やかに）なんですか絶望って。
木村　いやなんか、（海老沢に詰め寄って）えなんで愛想つかされちゃったんですか？
海老沢　どういうのかな……娘を亡くしたとたんガタガタッとね……くさびをなくしちまうと早いもんですよ夫婦なんてもんは……。幾度も手首切られたりガス栓ひねられたりしてね……部屋のドア開けると女房が血だらけで倒れてて、テレビには死んだ娘を撮ったビデオが流れているんだよ……まいったよ……正直いなくなってくれて、（強い口調で）どこ行くんだ。

キオリ、立ち上がって出て行こうとしたのだ。

キオリ　別に。
海老沢　いなさい。
キオリ　……。
海老沢　いなさい……。
木村　読みましたよ、『わが娘《こ》、サオリよ』。読んだっていうか、読んでないんですけどね。
海老沢　ああ。
木村　ああって。
間宮　（深々と頭を下げ）申し訳ありません……。
木村　え？

海老沢　いやごめんごめん。そういうあれじゃないんだよ。
間宮　……。
木村　え？
海老沢　不思議なもんだな……確かにあの時は……正直言ってね、うん……絶対に許せないと思ったよ……でも今は嬉しいんだよ。来てくれて嬉しいんだ。
間宮　（再度頭を下げた）
海老沢　きっとサオリも喜んでるだろ。
キオリ　喜んでるわけないじゃない。
木村　（わけがわからず）え？　なんでお客さんが謝るんですか？
海老沢　喜んでるさ。勇気がいったろう、来るのに……。
間宮　いえ……。
海老沢　えらいよ。他の三人なんて、親すら知らんぷりだ。電報ひとつよこさないよ。
赤井　（思わず口を挟んで）本人達はまだ服役中ですから……。
海老沢　いやもちろんそうですよ。私が言ってるのは親の責任です……。
赤井　はあ……。
海老沢　本人達はねえ……（間宮を見て）身にしみてくれてるでしょう。
間宮　申し訳ありませんでした。
海老沢　うん。すまなかったね。なんでこんな話になったんだ。飲みなさい。出所祝いだ。
間宮　……はい。

海老沢、間宮のグラスにビールを注いだ。

海老沢　どうですか赤井さんも。
赤井　いえ私は。
海老沢　キオリもそんな顔してないで。
キオリ　（この事態を、異常だという風に）……なんなのこれ……！
海老沢　なにが。
木村　出所祝いって……。
間宮　頂きます……。（飲む）
木村　（その間宮を見て）え⁉　え⁉（間宮を指さして）こいつ！　そうなんですか⁉
キオリ　そうですよ。
木村　え⁉　人殺し⁉
キオリ　ええ。
海老沢　そういう言い方はないだろう。
木村　え、だって！　こいつが妹さん殺したの⁉
キオリ　そうです。
木村　なんだよ誰も紹介してくれないから！　いとこか何かだと思ってましたよ！（この状況のことを）へんじゃないですか、

キオリ　へんなんですよ。

海老沢　（咎めて）キオリ！

木村　なんでこんなとこで我々と一緒になってビール飲んでるんですか……！　そんなバカな！　あっ！（ハッとしてテーブルの上の果物ナイフを取り）これ、危ないですよ！

海老沢　あんたいい加減にしないか……！

木村　だって人殺しですよ！　甘いですよ！　今の世の中人殺しじゃなくても人殺すんですよ！　ましてやこいつは人殺しなんですから！

ナイフを持った手で間宮のことを指したりするので、木村の方がよっぽど危なっかしいのだった。

木村　いやだなもう！　こんなの家に入れたら何されるかわかったもんじゃないでしょう！　なんで一緒にビール飲んでるんですか！　人殺しが！

間宮、立ち上がった。

木村　（ひどく脅えて）来るなぁ！

間宮　……。

木村　今見ましたでしょ！　今見ましたでしょ！

ふと見ると、赤井は目頭を押さえていて——。

木村　……泣いてるんですか？
赤井　すみませんちょっと失礼します。
木村　（大きくうなずいて）ああ逃げた方がいいですよ。
赤井　お手洗いです！

赤井、洗面所の方へ去った。

海老沢　（木村に）……帰ってください。
木村　（ムッとして）帰りますよ……。
海老沢　……。
木村　カバン。

木村、自分の荷物を取りに、奥の部屋へと去って行った。
雷鳴。
雨の音。

海老沢　（静かに）すまなかったね、変な奴と一緒にさせちゃって……。

間宮　いえ……。
キオリ　あれが普通の反応なんじゃないの？
海老沢　バカ言ってんな……。
キオリ　……。
海老沢　いい加減にしろよおまえも……。
キオリ　暑い……。
海老沢　（切った指が痛んだ）
間宮　平気ですか……
海老沢　ん、うん平気平気。
間宮　申し訳ありません。
海老沢　もういいよ。
間宮　バンソウコウなくて。
海老沢　あそっちか。
間宮　え？
海老沢　ん、んん。
キオリ　一緒なのよこの人にとって……。
間宮　え……。
キオリ　バンソウコウなくてすみませんも、なんか別のことしてすみませんも……！

木村が荷物を持って戻ってきた。

木村　なんか、泣いてますよあの女の人、トイレで。（赤井のことだ）いいえ、見たわけじゃないですけど、声が……。お世話になりました……まだ痛むんですけどね……（ととってつけたように頭を押さえて）どうも……。

木村、玄関へ向かった。

海老沢　（その背中に）気をつけて、暗いですからね……。
木村　そうなんですよね……どうも……そちらも気をつけて……。

木村、去った。

沈黙。

キオリ　暑いわ……。
海老沢　まあ。（と間宮のグラスにビールをつごうとしたが）
間宮　ああ、もう。（とグラスを引いた）
海老沢　そうかい。

雨の音。

間宮　あの……

海老沢　ん？

間宮　実は……

海老沢　……何。

間宮　僕……サオリさんと、お付き合いさせて頂いてたんです……。

キオリ・海老沢　……！

沈黙。

海老沢　そうなの……？

キオリ　なにを言い出すの⁉

間宮　付き合ってたんです……。

海老沢　へえ。

キオリ　なに⁉（あてつけがましく）え⁉　え⁉　え⁉

海老沢　そうなのか……。

キオリ　嘘でしょ。

間宮　本当です。

キオリ　（まったく信じずに）だとしたら何がどうなってああいったことになってしまったわけ？
間宮　よく……わからないんです……。
キオリ　わからない⁉　わからないんです、わからないってなに⁉
間宮　わからないんです……俺、あいつのこと好きだったはずなのに、大好きだったはずなのに……
キオリ　キチガイ……！
海老沢　キオリ。
間宮　あんなことになる何週間も前です……俺はあいつのこと信じてたのに……あいつ……サオリの奴……寝てたんです……誰か別の男と。
海老沢　……。
間宮　あいつの腹ん中に、誰か別の男の子供が
キオリ　やめてよ！
間宮　何を聞いても答えちゃくれなかった……そのうち話しかけても逃げるように離れていくようになって……電話をかけても居留守を使われた……。
キオリ　つまりフラれただけの話でしょ、嫌われたのよ、うざかったんでしょあんたのことが！　わかんないのそれが⁉　そんなことで被害者ヅラされちゃ……。なに、逆ギレ……⁉　逆ギレで殺されちゃったのあのコ⁉
間宮　何も考えられなくなっていたんです……俺のこと蔑んだような目で見て……サオリがまるで別の人間になっちまったように感じた……それで、藤崎が言ったんです……「悪魔が取り憑いたんだ」って……。

キオリ、海老沢、絶句した。
沈黙。雨音だけが響く――。

間宮　あいつその頃、魔女狩りとかの本に夢中で、俺も何冊か借りて読んでた……。藤崎は、「サオリは悪魔に心も体も乗っ取られてしまったんだ」って……俺は、そうだ、そうに違いないと思った、それ以外考えられないって……！

キオリ　……。

間宮の顔に、徐々に笑みが浮かんでくる。

間宮　ここにいるサオリはサオリじゃない、サオリの姿をかりた邪悪な悪魔だ……そう思えたら、なんだか気持ちが楽になって、もうなんでも出来た……サオリの体から、心から、俺が悪魔を追い出してやろうと思った……サオリの体を切りつけて、流れた血を見る度に嬉しくなった……悪い血が出てってくれてるぞと思ったんです……きっと、少しずつ、少しずつ元のサオリに戻ってくれてると信じてたんです……。

キオリ　（絶叫して）キチガイ！　出てって！　出てってよ！

間宮　（構わず続け）だけど最後の最後になって、急に不安になったんです……藤崎が焼いちまおうって言い出した時……。俺、電話しましたよね……。

海老沢　……え？
間宮　あの日の夜……。
キオリ　……!?
海老沢　そのことなら、知らんと言ったはずだよ……。
間宮　「サオリさんは北山第二小学校の理科室にいる、今から藤崎が学校に火をつける、サオリさんを逃がしてやった方がいい」って……。

キオリ、父親を見つめている。

海老沢　……知らんよ……。弁護士さんから伝えてもらったはずだよ……。
間宮　電話に出た声は男だった……。
海老沢　知らんよ……。
間宮　電話は無言で切れました……。
海老沢　だから、間違えてかけたんじゃないか。

沈黙。
キオリ、父親を見つめ続けている。

間宮　……そうかもしれません……藤崎達のスキを見て、公衆電話からあわててかけたから……。

海老沢　うん……。
間宮　そうですね……。
キオリ　……。

間宮、床に跪くと、深々と土下座をした。

間宮　すみませんでした……。
海老沢　うん……。
間宮　遅くまでお邪魔しました……。おいとまします……。
海老沢　こんな雨じゃ今日はもう無理だよ。泊まっていきなさい。
間宮　いえ、なんとかします……。
海老沢　なんとかって、なんともならんだろう。
間宮　いえ、なんとか……。あの……、
海老沢　ん？
間宮　最後に、もう一度サオリさんに……。
海老沢　ああ……そりゃいいけど……。（と仏間へ向かおうとした）
間宮　あ、わかりますから。
海老沢　うん。（と言いながらも行こうとするので）
間宮　できればふたりきりで……。

海老沢　……。
間宮　すみません、厚かましくて……。
海老沢　いや……。

キオリは最早、間宮に対して何も言わず、その目は何を考えてのことか、宙の一点を見つめていて――。

間宮、仏間へと去って行った。

沈黙。

雷鳴。

海老沢　……いやはや驚いたな。
キオリ　……。
海老沢　夢じゃないよな……（笑って）どうも最近夢見が悪くてな……さっきも十日市のじいさんが夢に出てきてさ、やけに元気なんだよ。
キオリ　（見ずに）亡くなったって。
海老沢　え？
キオリ　電話があった。夕方。
海老沢　そうか……。挨拶に来てたよここに……生前はお世話になりましたって言って。
キオリ　うなされてたって言ってたわ。
海老沢　誰が言った。

キオリ　あの運転手。
海老沢　ああ……。
キオリ　怖いの？　専門家なのに。
海老沢　（笑って）怖かないさ……。
キオリ　いつから怖くなったの？
海老沢　怖かないよバカ……体調だよ、体があれだったから、それでうんうん唸ってたんだろう……。
キオリ　……。
海老沢　どうもいけないよ、このところ……。さすがにつらくてね……実は先週、病院に行って検査してきた……。
キオリ　（見た）……。
海老沢　久し振りに行って思い出したよ……。嫌な所だな、病院てのは……あの匂い……。鼻がいいってのは損だなって、病院に行く度に思ってたのを思い出した……。
キオリ　……結果は……？
海老沢　昨日出たよ。
キオリ　……。
海老沢　どうした。
キオリ　別に……。それで……？
海老沢　癌だってさ。
キオリ　……。

海老沢　どうやらそう長くないらしい。肺からあっちやらこっちやらに転移してるんだとさ。
キオリ　いいの入院しなくて。
海老沢　よくないって言われたけどね……。まあ、いよいよ我慢出来なくなるまではここにいるさ……。
キオリ　……。
海老沢　だから、どうせ死ぬから。
キオリ　え……？
海老沢　いいよ、危なっかしいマネしなくても。俺のお茶の中になんかヘンなもん入れてるだろ。もう随分前から。
キオリ　何言ってんの。
海老沢　かすかにざくろみたいな香りがするんだよな。
キオリ　知らない、何それ。
海老沢　読んだんだろ、サオリの日記。
キオリ　え？　日記？
海老沢　（思わせぶりに）じゃ誰が見たのかな……この家には俺とおまえしかいないはずだけどな……。
キオリ　……。
海老沢　貴重な髪の毛を一本抜いて、はさんでおいたんだよ、誰か他の人間が開いたらすぐわかるように……。
キオリ　……。
海老沢　書斎には勝手に入るなって言ったハズだろ。

キオリ　知らないわ日記なんて……。
海老沢　うん。じゃあいい。うっかり引き出しの鍵をかけ忘れた俺がいけなかったんだ……よく眺めてるもんでね……。
キオリ　……。
海老沢　お茶な、おまえが入れつづけるなら、俺は飲みつづけるよ。
キオリ　知らないわよ。ホントに知らない。（だが目は直視できない）
海老沢　そうか……わかった……お前が知らないって言うなら知らないんだろ。
キオリ　じゃもう休みなさいよ。
海老沢　うん。
キオリ　駄目よお酒なんか飲んでたら。
海老沢　ああ。

キオリ、行こうとする。

海老沢　生田って人から電話があったよ。
キオリ　（立ち止まった）
海老沢　生田。税務署の。いや、元税務署か……。
キオリ　……なんだって？
海老沢　切ろうとするから問い詰めたら……気の弱い男だな……すみませんすみませんて言いながら

ポロポロポロポロ。（白状した、の意）

キオリ　……なんだって？

海老沢　（穏やかに笑いながら）なんだってじゃないよ。クビになったとさ、横領がバレて。

キオリ　……。

海老沢　キオリさんの名前は絶対出しませんて言ってたよ。ただ、会いたいんだとさ、おまえに。

キオリ　（観念したのか）そう。

海老沢　（あくまでも穏やかに笑いながら）五百万だって？

キオリ　かな。

海老沢　何に使ったんだよ五百万も。

キオリ　全部で三千万近いわ。生田さんだけじゃないから。

海老沢　他に誰だ。

キオリ　いろーんな人。

海老沢　なんだ、マンションでも買ったか。

キオリ　マンションも買ったし、まだこれからもいろいろかかるから。

海老沢　なんだいろいろって。

キオリ　年寄りを不自由させちゃ可哀相でしょ。

海老沢　年寄り？

キオリ　……。

海老沢の顔色が変わった。

海老沢　出したのか病院から……。

キオリ　かあさんね、あたしのことサオリだと思ってるのよ……。

海老沢　なぜ出す……！

キオリ　（微笑みながら）だって、病院は嫌な匂いがするでしょ、まわりはキチガイばっかりだし……可哀相じゃないかあさん……あんな牢屋みたいなところ入れられて……。

海老沢　東京に行ってたんじゃなかったんだな……。

キオリ　ん？　静岡。いいとこよ。天気がいいとね、ベランダから富士山が見えるの、こんな大っきいのよ。かあさん目まるくして「サオリ、富士山だよ、ほら、富士山だよ！」って。本当に嬉しそうなのよ。

海老沢　……。

キオリ　サオリになりきってるうちに、なんだか、自分がキオリなのかサオリなのかわかんなくなってきちゃって……。

と、そこへ、朦朧とした顔つきの下平がやってきた。

下平　俺どのくらい寝てた？

海老沢　帰れよ。

下平　いきなり帰れよはないじゃない。キオリちゃん今何時？
キオリ　十時過ぎ。
下平　そうか、あれ、人々は？　帰ったの？
海老沢　三々五々散りつつありますよ……。
下平　え、だって雨は？
キオリ　降ってる。
下平　いっぱい？
キオリ　いっぱい。
下平　俺寝言でなんか言ってた？
キオリ　知らないこっちにいたから。
下平　俺どんな夢みてた？
海老沢　知らねえよ！　なんでも聞くなよ。
下平　だからわざとじゃないですか。んん。（と、なつくので）
海老沢　なつくなよ。（指が）なんかズキズキしてきた……。
下平　え、ドキドキしてきた？
海老沢　ズキズキだよ。元気じゃねえかよ。
下平　元気ですよ。
キオリ　なんか二十年前の漫才みたい。
下平　漫才？

キオリ　二十年くらい前のね。
下平　えどのへん？　セントルイス？（海老沢が行くので）どうしてズキズキすんですか？
海老沢　指。
下平　指？
海老沢　悪い血が出てってくれてんだよ……。
下平　（理解出来ず）え？

海老沢、去った。

下平　（その背に）おかしいなやっぱりちょっと……。
キオリ　父さんのお茶飲んだでしょ……。
下平　え？
キオリ　ハーブティー。
下平　ああ飲んだかな？　なんで？
キオリ　（うんざりと）なんでもない。
下平　（考えて）え？　先生怒ってんの俺がお茶飲んじゃったから？
キオリ　え？
下平　（考えて）ハーブティー飲まないと指がズキズキすんの？
キオリ　（バカじゃないかという風に）なんで？

下平　いやわかんないよ。
キオリ　バカ。
下平　あまたバカって。（と、こめかみのあたりを押さえて）……ちくしょうなんなんだろうな……
吐き気と目眩が一定の間隔でこう……。
キオリ　（話の方向を変えようとしたのか）交番には電話しといたから。
下平　あ本当、ありがとう。
キオリ　どういたしまして。

下平、フフッと笑ってキオリに近づくと、ネットリとその体に触れるが、キオリによってその手は戻された。が、それも肯定的な意味にとらえたのか、下平、なおもニヤニヤと。

下平　あそうだ、だいぶ前だけどさ、高田町のやけに天井高いラブホがあったじゃない。
キオリ　（考えもせずぶっきらぼうに）え覚えてない。
下平　覚えてるよ。高田町の。ほらやけに天井高いラブホテル。
キオリ　繰り返されたって覚えてないもの。えナントカ宮殿とかいうとこ？
下平　じゃないじゃない、ナントカ宮殿は天井低いじゃない。
キオリ　天井見てないから。
下平　（嬉しそうに）見てないって見るじゃない必然的に。
キオリ　（冷たく）見ないわよ、なに必然的って。

下平　……いいよもう……。

キオリ　見るって言えば満足なの？　あたしが天井を見るって言えば、必然的に。そう言えば満足なの⁉　じゃあ言ってあげる。見るわよ。

下平　（苦笑して）なに言ってんだよ。

キオリ　（罵るように）ほら嬉しそうな顔して……。

下平　……。

キオリ　……。

下平　金曜日は？

キオリ　え？

下平　なにしてんの？

キオリ　どうして？

下平　言ったじゃない俺非番なんだよ。

キオリ　（興味なく）ああ。

下平　あいてる？

キオリ　わかんない。

下平　……（ムキになって）じゃあ明後日、直接渡すよ。

キオリ　いいわよ振り込みで。

下平　直接渡す。

キオリ　振り込みでいい。

下平　キオリ。

下平、キオリを抱きしめようとした。キオリ、突き放して、

キオリ　やめてよ。
下平　（なおも抱きしめて）なんでだよ、俺納得いかねえよ！
キオリ　（逃れようとするがままならず）やだ……！
下平　やらせろよ。なんで最近そうやって……！
キオリ　やめてってば……！

とその時、不意に電気が消え、そこは真っ暗闇になった。（だから以下は観客には声しか聞こえないはずだ。）

下平　あ。なに、停電？
キオリ　……痛い。
下平　停電？
キオリ　あたしに聞かないでよ。
下平　（言うに事欠いて）ちょうどいいや。
キオリ　やめてってば！　やめてよ！
下平　キスくらいさせろよ！

キオリ　いやよ。いや！

稲光りが、もみ合う二人を照らし出した。

下平　いてぇ！

キオリが下平の唇を咬んだのだ。

雷鳴。

ギターの音が聞こえてくる。

下平　唇ちぎれたらどうすんだよ！

キオリ　どうもこうも、あなたがよりおかしな顔の男になるだけよ。

下平　痛え……。

キオリ　そりゃ痛いわよ、痛いように咬んだんだもの！

下平　（泣き声で）痛えよ！　血が出てきたよ、血の味がするよ、鉄の味だ！

キオリ　（笑った）

笑い声の中、ギターを弾く少年、老人（十日市）、ロシア人、そして火のついた蠟燭をのせた燭台を手にした十名の人々が現れ、笑うキオリと、唇を押さえて呆然とキオリを見ている下平が揺れる炎にぼんやりと照らし出される。
どうしたわけか、下平の手には手錠がかけられていた。

下平　あ！　いつの間に！

キオリ、なおも笑った。高らかに――。笑いつづけた。
人々、二人の周囲を周りながら唄を唄うが、二人には人々の姿は見えない。

M―6　夜のおんがく

ぼくがねむるとき
こんなかおしてたのか
こんなきれいなよるのなか
こんなきれいなよるのなか
くさもむしもうたってるよ

ねえおつきさん
どこにいけばいいの？
こんなきれいなよるなのに

こんなきれいなよるなのに
さよならってだれにいうの？

唄う人々は何本かの燭台を舞台上に置いて去って行く。
少年のみが、ギターを弾きながらキオリと下平の様子をじっと見つめている——。

下平　鍵。（出せと、不自由な手で促して）ベルトの、四角いのの中にあるから。
キオリ　いやよ。
下平　いやってなんだ！
キオリ　いやはいいやじゃない。（おどけて）逮捕する。鼻の穴大きすぎの容疑で逮捕する。（笑った）
下平　ふざけんなよ！　鍵！
キオリ　ねえ……。
下平　え？
キオリ　またあたしとしたい……？
下平　（それどころじゃないのだが）したいよ！　鍵！
キオリ　したい……？
下平　（おざなりに）したいしたい。なあ鍵……！
キオリ　あのね……
下平　なんだよ。

キオリ　あたし妊娠してるの……。

沈黙。

下平　（が、あっさりと）嘘だ。
キオリ　嘘じゃないわ。
下平　誰の子供。
キオリ　あなたのよ、決まってるじゃない。
下平　（ある確信のもとに）嘘だ。
キオリ　（その確信がどこから来るものか理解出来ず）なんでわかるのよ……！
下平　わかるんだよ。
キオリ　（あきらめて）……つまあんない……。
下平　無精子症なんだよ俺……。
キオリ　え……。
下平　（達観した口調で、淡々と）無精子症。精液の中に精子がいないの。だから出来ないの子供。
　ついーヶ月前だけどね、わかったのは。
キオリ　え、だって、
下平　そうなんだよ。じゃあどうして二人も子供がいるのでしょう。
キオリ　……。

下平　（その言葉は徐々に静かな熱気を帯び）もう少しで女房の奴を撃ち殺すところだったよ……しかも別々の種だって言いやがるしさ……でもね……不思議なもんでさ……よその男達の種だってわかっても、何年も育てちゃうと情がうつっちゃってるんだよね……あいつらもう、自分の子供にしか思えなくてさ……。（笑う）
キオリ　……。
下平　なあこれ。（手錠のことだ）
キオリ　十時二十分。……学校が燃えた時間だわ……。
下平　……。

消防車のサイレンが聞こえてくるなか、再び唄が始まる。

なつかしすぎて
わけがわかんないや
さよならぼくはもういなくなるよ
さよならぼくはもういなくなるよ
さよならも　いえなくなるよ
さよならぼくはもういなくなるよ
さよならぼくはもういなくなるよ

さよならぼくはもういないよ
さよならぼくはもういないよ

唄が終わると、そこには誰もいなくなっていた。

6

数分後だと思われる。

蝋燭の明かりに照らされた、仄暗い無人の居間。

少し、雨音が聞こえているだけの、何も起こらない時間があった後、ずぶ濡れの木村が戻ってきた。

木村　……。

木村、ソファカバーを無造作に引き剝がすとそれで濡れた頭や体を拭いたりして——。

木村、キョロキョロし、間宮のカバンを発見すると、手に取り開けて、中を探ろうとするが、すぐに面倒臭くなって中身を乱暴に床にぶちまけるた。木村、散乱した物達の中から財布を拾い上げ、札だけ抜いて捨てた。

それから、テーブルの上のグラスに余っていたビールを飲む。木村がそそくさと出て行こうとしたその時、声がした。

声　待てよ。
木村　！

下平である。手錠をしたままだ。木村、逃げようとした。

下平　待てって。頭ぶち抜かれたいか。
木村　……。
下平　来い……こっち来い！
木村　車、動かないんですよ。
下平　知らねえよ。
木村　ホントですよ、嘘だと思ってるでしょ。
下平　えなに、あんたも動かなくしてもらいたいの？
木村　(笑いながら)笑えないな。
下平　カバン開けて中身出せ。
木村　……。
下平　出せっつってんだよ！

木村、はじかれるように中身を出した。出てきた物の中には、通帳や印鑑などがあった。
下平、不自由な手でその通帳を取り上げるので、木村はこの時初めて、下平が手錠をされていることに気づいた。

木村　お巡りさん、手錠……。

下平　（不自由そうに、通帳で木村の頬をピタピタ叩きながら）これなんだ？
木村　預金通帳ですね……。お巡りさんなんで手錠してるんですか？
下平　うるせえ！　……なんで海老沢名義の通帳と印鑑があんたのカバンの中に入ってるんだって聞いてんだよ。
木村　（ひきつりながら笑って）さっき……ちょっと……。
下平　あんた奥さんいんの？
木村　え。
下平　かみさん。
木村　いえ……父と二人暮らしです。
下平　あら……可哀相になあ、これ、あんた、一年はくらうぞ。俺ができるだけ長くしてやるから。
木村　……。
下平　病気のお父さんその間一人ぼっちだ。なあ。
木村　別に病気ではないですけど。
下平　なるかもしれないだろ病気に！
木村　ああそうか、そうですね……お巡りさん手錠、
下平　いいんだよ！
木村　いいならいいんです……。
下平　今お父さんに電話しようか？
木村　堪忍してください。

下平　（電話機に向かい）え何番だ電話番号。
木村　（半泣きで止めて）堪忍してください……！
下平　……三百万払ったら見逃してやるよ。
木村　え。
下平　三百万でなかったことにしてやる。
木村　そんな、払えません。
下平　分割でいいよ。月三十万ずつ。
木村　そんなお金ないから。
下平　サラ金から借りりゃいいだろ。
木村　……。
下平　払うのか払わないのか。いいんだよ俺はどっちでも。
木村　……払います……。
下平　よし……。
木村　（自分を納得させるように）三百万。
下平　ヘタなマネするとわかってるな。
木村　え、父の命はない？
下平　そんなこと言ってねえだろ！
木村　はい。これ、停電ですか？
下平　ベルトの四角いのから鍵出せ。

木村　え。
下平　鍵だよ。
木村　ああ手錠の。
下平　早く！
木村　はい。（出しながら）そうですよね、そんなじゃおしっことかしにくいし。
下平　余計なこと言わなくていいんだよ！
木村　はい。（鍵を出して）これですか。
下平　それだよ、開けろ。（と手を突き出す）
木村　……。
下平　開けろよ！
木村　三百万チャラにしてくれたら開けてあげます。
下平　てめえ！（と木村を蹴った）
木村　嘘です、嘘です！　開けますよ。

下平、両手を突き出し、木村、鍵を開けようとしたが、ふと思い直すと鍵をひっこめた。

下平　……？
木村　（鍵を投げ捨てた）
下平　あ！

木村、衝動的に、手元にあったビール瓶を下平の頭に振りおろした。砕け散る瓶。

下平　（悲鳴）

木村　！

木村、流血する頭を不自由な手で押さえてもんどりうった。木村、恐怖からだろう、下平以上の悲鳴を上げながら、必死に下平のガンベルトから銃を抜きとると、下平に突きつけた。

下平　貴様……！

雷鳴。

木村　（ガクガク震えながら）動くな！　撃つぞ！　本当に撃つぞ！

木村、通帳類のみを鷲掴みにして外へ走り去った。

下平、低くうめき声をあげながら、うずくまっている。動けない。

間。

雨の音と下平のうめき声だけが聞こえる。

赤井が来た。

赤井　どうしたんですか？

部屋が暗いので散乱した破片は目に入らず、すぐには事態を飲み込めない。

下平　……。

と、その時、玄関のほうから声が——。

声　ごめんください、海老沢さん。警察です。夜分遅く失礼します。海老沢さん。

赤井　はい……。

声　入らせて頂きます。

二人の、刑事らしき男が駆け込んできた。

暗くてよく見えない。

刑事A　夜分遅く失礼します……。

赤井　はい。

刑事A　県警の冨樫です。
刑事B　小峰です。
赤井　（会釈）
刑事A　こちらに、下平巡査が
下平　（テーブルの陰から）ここだよ。
刑事達　……!?
下平　久し振りだな……。元気か……。
赤井　（初めてケガに気づき）頭……ケガしてるんですか……!?
下平　ええ。ちょっとね。
刑事A　救急車呼びましょう。
下平　いいよ……。（ヨロヨロと立って微笑み）小峰、おまえ背伸びたんじゃないか?
刑事B　いえ……それはないと思います……。
刑事A　下平さん……殺人及び死体遺棄の疑いで逮捕します。
赤井　……。
下平　（刑事Aに）違うんだよ。悪いのはあいつらなんだよ……俺の女房を寝取りやがったんだ、なあ、ひどいことすると思わないか人の女房を。え?　だからさあ、
刑事B　とりあえず病院に行った方が
下平　（一喝して）いいいっつってんだろバカヤロー!　聞けよ!
刑事B　はあ……。

下平　だから、お返しにあいつらが一番大事にしてるものをぶんどってやったんだよ……。もう奴ら遺体の確認はしたのか？

刑事A　済みました……。

下平　（嬉しそうに、野球の試合の結果でも聞くかのように）泣いてたか？　え、高橋は、石黒は。悲しんでたか、可愛がってたガキの変わり果てた姿を見て……。

刑事A　当然でしょう……。

下平　そうか……（嬉しい）腐ってたろもう……そうか……。（笑った）

海老沢が来た。

海老沢　なに……どちら様。

赤井　（見ずに）刑事さんだそうです……。

海老沢　え？（刑事を見た）

刑事B　県警の小峰です。

刑事A　冨樫です。夜分遅くすみません。

海老沢　なにがあったの。

下平　（にやにやしながら）違うんだよ先生……殺されて当然なんだよ……。

海老沢　え？

下平　本人達殺《や》っちゃってもよかったんだけどそれじゃなんか、生き残っちゃった俺がシャクだろ……俺、先生の本読んで、ガキを殺された親ってつらいんだなぁってのがよくわかったからさ……
よしこれだと思って……。

海老沢　おまえ……なにしたんだ。

下平　だから社会のゴミをこらしめたのよ……全国二十六万の警察官を代表して……。

海老沢　（刑事Aに）なにしたんだ。

刑事A　小学生を三人殺害して……二人を海に……

下平　（大きく肯定し）うん。

刑事B　一人を井戸の中へ

下平　そうそう！　一番抵抗しやがったんだ……

いつの間にか傍らには少年が現れていて、じっと下平を見ていた。

下平　（歓喜の表情で）手に噛みつきやがってさ……頭きたから二、三発顔面に膝蹴りくらわせたら動かなくなったよ……首絞めたらグルグルッとかいうヘンな音出しやがって、うーっとか言ってゴホゴホッとか血吐いて……きったねえんだよ……倒れたと思ったら小便もらしやがってさ、白目むいて痙攣してるからガンガン踏み付けてやった……。（苦労をわかってくれよとばかりに）もう必死だよこっちも……。それでようやくグッタリしたから「恨むなら親を恨め」って言って井戸に捨てたんだよ。

沈黙。絶句するしかない人々。

海老沢　なるほどな……。
下平　うん。ポイさ。（笑って）わかるだろ先生、俺の気持ち。
刑事A　同行願います。
下平　（再び一喝）気易く触んなよ！（手錠を示し）別にこれは準備していたわけじゃないんだよ……。
刑事A　来るんだ！

下平、蠟燭を吹き消した。
そこは再び暗闇になる。

刑事A　あっ！（刑事Bに）逃がすな！
刑事B　見えません！
刑事A　逃げたか！
刑事B　わかりません！
刑事A　とりあえず追え！

刑事達、去ったようだ。
雨の音だけが聞こえるなか。

海老沢のつけたライターで明るくなる。蠟燭に火が灯された。そこにいるのは赤井と海老沢の二人。少年も消えている。

海老沢　（一人言なのか、それともそうでないのか）これ……電気、一晩中かな……弱ったな……明かりはともかく、エアコンがあれじゃ……この雨じゃ窓開けるわけにもいかないし……ねえ……。（赤井が何も言わないので）すみませんでしたね、さっきといい、今といい……。

赤井　間宮さんは……？

海老沢　ああ、仏間に……今ちょっと覗いたら、仏壇の前でなんかボソボソ言ってましたよ……仏とお話ししてるんでしょう、久し振りだから……。

赤井　そうですか……。

海老沢　さっきは可哀相だった……。

雷鳴。雨の音が今までになく大きくなった。

外。

石垣の前に下平が、肩で息をしながら駆け込んできた。もちろん手錠をしたままだ。頭のケガもあるのだろう、へたり込んでしまった。

降りしきる雨――。

と、少年の声がした。

少年の声　お巡りさん。
下平　！

少年、現れた。
怒るでもなく、無表情に下平を見つめる。

少年　お巡りさん。
下平　!!

少年が近寄ってきた。

下平　（怯えて）違うんだよ……そうじゃないんだ。お巡りさんは被害者なんだよ……わかるか被害者……。
少年　わからない。
下平　（絶叫し）わかれよ！　悪いのはみんなおまえのおやじなんだよ！
少年　（立ち止まって）おとうさん？
下平　そう！　おとうさん！
少年　おとうさんはやさしいよ。
下平　優しきゃいいってもんじゃねえんだよ人間は！（少年が再び近づいてくるので）来るなって言

ってんだろ！
少年　どうして？　人にはやさしくしなさいって教わったよ。
下平　誰に！
少年　沼田先生。
下平　ああ沼田先生は駄目だ！
少年　駄目なのやさしくしちゃ。
下平　人の女房に優しくしてどうすんだって話だよ！
少年　女房？
下平　女房！　俺の奥さん！　俺の子供の、母親！
少年　（その語感が気に入ったのか）女房、女房、女房。
下平　なんで女房女房言うんだよ！　来るなよ！　来るなって言ってんだろ！（少年の首を絞めた）

それでも少年はやってくる。後ずさる下平。石垣に追いつめられた。下平、やにわに少年の首を絞めた。

少年　ううう！

いつの間にか、首を絞められている少年の姿が木村へと変わった。

木村　ううう！（振り払って）撃つぞ！　本当に撃つぞ！

下平　恨むならおやじを恨めって言っただろ！
木村　なに言ってんだ、父はなにも関係ない！
下平　ちくしょう！

下平、手錠につながれた手でなおも木村に摑みかかっていく。
二人、もみ合いながら姿を消した。
室内に明かりが移る。

海老沢　今……。
赤井　（うつむいたまま）はい……？
海老沢　聞こえませんでしたか？
赤井　（やはりうつむいたまま）いえ……。
海老沢　銃声じゃないかな……。
赤井　さあ。（聞こえなかった、の意）
海老沢　そう……（床に散乱した物々や、ビール瓶の破片に気づいて）なんだこれ、ビール瓶じゃないか。危ないな。（と行こうとした）
赤井　（顔を上げ）海老沢先生。
海老沢　ん？

赤井、突如海老沢に向かってドンと体ごとぶつかった。
短い間。
赤井、ゆっくりと離れた。その手には果物ナイフ。
海老沢、腹のあたりを押さえてヨロヨロとよろめき、倒れ込んだ。
雨の音。
間宮が来た。

間宮　……何した……。
赤井　（振り向いた）
間宮、赤井の手に握られたナイフを確認すると、もう一度海老沢を見、電話に向かおうとした。赤井、それを阻止するようにナイフを突き付けた。

間宮　なに考えてんだおめえは……！
赤井　るせえよ！
間宮　こんなことしに来たんじゃねえだろうがよ！　おめえまでブチ込まれてどうすんだよ！　藤崎もうすぐ出てくんだろ。
赤井　出てこないわよ。
間宮　出てくるよ！　無期懲役ったって大抵十五年やそこらなんだから！　長くて二十年だよ！　知

ってんだろ！

赤井　出てこないのよ！　死んだんだから！

間宮　……！

赤井　死んだんだよもう！　自殺したの！　刑務所の中で首吊って！

間宮　……。

赤井　出てくるかなそれでも、ねえ出てくるかな。出てこれないんじゃないさすがに。

間宮　……。

倒れている海老沢が小さく呻いた。

間宮　生きてる……。病院！

赤井　駄目！

赤井、電話線をひきちぎった。

間宮　なに考えてんだよ！

海老沢　（小さく）藤崎君の……お姉さんか……。

赤井　そうよ！

赤井、ナイフを振りかざして海老沢の方へ。

間宮　やめろよバカ！

間宮、ナイフを取り上げた。

赤井　なにすんのよ！
間宮　るせえよ！（海老沢に）すいません刺して。こいつホントはいい奴なんですけど。
赤井　やめてよ！
海老沢　刺したきゃ刺しゃいい。
赤井　ほらいいって。（と間宮の手からナイフを取ろうとした）
間宮　バカヤロー！　謙遜だよ！
赤井　謙遜!?
間宮　（ボソリと）危ねえなあ……切れるだろ……！
海老沢　（ハァッと、ため息とも呻き声ともつかぬ声を発して）暑いな……。
赤井　あんたの本を読んで死んだのよ弟は……。
間宮　（制して）おい……
海老沢　んん……。（返事なのか呻き声なのか）
赤井　許せない許せないって……あんな風に書かれちゃ死にたくもなるわよ……。

間宮　加害者は俺達なんだよ！
赤井　だからそういうことを言ってるんじゃないのよ！
間宮　え？
赤井　え？
間宮　なに？　わかんねえよ！
赤井　わかんなきゃいいわよ！
間宮　いいわけねえじゃねえかよこんなことしといて！
赤井　ほらだから、そういう、（言葉を探して）行政的⁉　行政的な考え方を今あたしは問題にしてないってことを言ってんの。
間宮　行政的⁉
赤井　だから……三権分立よ！
間宮　こんな時に何が三権分立だよ！（汗をぬぐって）暑っつう！
赤井　あたしはね……例えば、弟が、慎一がわけもなくどこかの人を刺そうが、ちょっとした気まぐれで罪もないどこかの家族を惨殺しようが、とてつもない悪意を持ってどこかの……なんでもいいんだけど、どこかの国の、ミサイル？　ミサイルのボタンを押そうが、それで地球全土が壊滅しようが、あたしは慎一の味方なの。知らない人なんてどうだっていいもの！　どこかの人、どこかの家族、どこかの国、どこかってどこ⁉　知らねえよそんなどこかわかんないとこにいる奴らのことなんか！　あたしは何がどうなっても慎一の味方なの！　そう言ったのよ面会に行った時も！　あたしはあんたの味方だよって！　どんな時だってお姉ちゃんあんたの味方だから安心しなさいよって！　そんな本読んで真に受けるんじゃないよって！　言ったのよ……！　言ったの……！　言ったのに……！

間宮　……。

　　間宮、赤井、動かなくなっている海老沢を見た。

間宮　死んだのか……⁉
海老沢　生きてるよ。
間宮　生きてた。
海老沢　いいからもう行きなさい。
間宮　え。
海老沢　行くんだ。どのみち覚悟は出来てたんだ……。死ぬのは怖かないよ……。
赤井　（挑発的に）切れそうですか？　魂の緒が。
海老沢　わからんね……。
赤井　（皮肉っぽく）魂は永遠に不滅なんですよね？
海老沢　さあね……死んでみなきゃわからんよ……書くのはなんとでも書ける……読むのは死んだことのない人間だからね……
赤井　……！
海老沢　（笑顔さえ浮かべて）出まかせだよ出まかせ……フフフ……みんな……まんまとだまされて

……。フフフ……バカどもが……。

海老沢、動かなくなった。

赤井　バカどもってことはないでしょ！　……ちょっと！　おい！（と揺さぶる）
間宮　（確認して）死んでる……。
赤井　むかつく！（と死体を蹴る）
間宮　やめろよ！
赤井　（やりきれず）だって、なんか……！
間宮　自首しろよ……。
赤井　え。
間宮　どっちみち捕まるよ……。
赤井　また自首するの？
間宮　俺じゃねえよあんただろ！
赤井　いやよ！
間宮　逃げられねえって！
赤井　いや！
間宮　あのお巡りに
赤井　捕まってるわよ今頃、

間宮　え？

と、その時、先ほどまでとはまったく違う服装をしたキオリが現れる。
今にも崩れそうな佇まい。

間宮　……。
赤井　（気づいて）……。
キオリ　（海老沢を見た）
間宮　刺されたんです……。（ふと、成り行き上自分がナイフを手にしていたことに気づき、慌てて）
あ俺にじゃなくて！
キオリ　暑い……。
間宮　警察に……
キオリ　間宮君……。
間宮　え……!?
キオリ　来てくれてありがとう……。
間宮　……。
キオリ　会いたかった……。

沈黙。

赤井　ふざけてるんですか？
キオリ　（赤井のことを、間宮に）どなた？
赤井　なに言ってるの！
キオリ　はい？
赤井　はいじゃなくて！　これ！　死んでるんですよ！
キオリ　え……。
赤井　あなたの父親！　あたしが刺したの！
キオリ　（小さく微笑み）天罰が下ったのね……。
赤井　違うわよあたしが刺したの！（間宮に、キオリを示して）なにこれ……！
間宮　サオリ……。
赤井　え……!?
間宮　会いたかった……。
赤井　（大げさに頭を抱えて絶叫し）ああ！　ああ！　ああ！
キオリ　あたしも会いたかった……。
赤井　……行くわよあたし！　逃げるわよ！
間宮　（キオリを見つめたまま）どうせ捕まるよ……。
赤井　……。

赤井、玄関へと去った。

間宮　よかった……君に戻ってくれたんだね……。
キオリ　え……？
間宮　悪魔が出て行ったんだ……よかった……

そう言って、間宮、心の底から安堵したように微笑んだ。
少しずつ、ほんの少しずつ、部屋を煌々とした光が包んでゆく。
雨の音も、もう聞こえない。

キオリ　間宮君覚えてる……？
間宮　え……？
キオリ　あたしが風邪で寝込んだ時、間宮君家までお見舞いに来てくれたでしょ……。
間宮　ああ……。
キオリ　冬休みよ……ほら間宮君が駅でチェッカーズの尚之に会ったって言って、サインもらってきてくれた日……。
間宮　ああ、もらったな……。
キオリ　色紙に「早くよくなれよ」って書いてあるんだけど、明らかにそこだけ間宮君の字だった……。
間宮　やっぱりバレてたんだ。

キオリ　あの日、間宮君あたしの手を握って言ってくれたよね……ずっと一緒だよって。
間宮　ああ、言った。
キオリ　あたし、信じてたのよ……その言葉を。
間宮　……うん。
キオリ　いつもその言葉を思い返してた……いつもよ、ホントにいつだって思ってたんだから……。
間宮　うん……。
キオリ　夜眠ってるとね……父さんがベッドの中に入ってくるの……。
間宮　え……。
キオリ　嫌がっても力ずくで押さえられて……毎晩よ……。そのうち、もうあきらめて、目をつぶって終わるのを待とうって思うようになった……。
間宮　……。
キオリ　目をつぶって、頭の中で間宮君の言葉を繰り返してたの……ずっと一緒だよ、って……。
間宮　……うん……。
キオリ　お金もらって他の人と寝てる時も……ナイフで体切られてる時も……殴られてる時も、蹴られている時も……頭の中でずっと一緒だよ、ずっと一緒だよ、って……。
間宮　……。
キオリ　火が近づいてきて、煙で息が出来なくなっても……ずっと一緒だよ……ずっと一緒だよ……ずっと一緒だよ……。
間宮　サオリ！

間宮、キオリを抱き締めた。

キオリ　ずっと一緒だよ……！

間宮　ごめんよ……！　ごめんよ！　サオリ！　ごめんよ！

キオリ　ずっと一緒だよ……！

間宮　サオリ！

赤井、戻ってきた。

赤井　キオリさん！　あなた……！

映写機音。

スクリーンに舞台上の風景。

ボォッ！　という音と共に、映像の中の間宮とキオリが、抱きあったまま炎をあげて燃えあがった。

赤井　（近づいてくる火の手への悲鳴）

あっという間に炎が部屋全体を包んでゆく——。

死者達が現れ、間宮の、キオリの、赤井の、海老沢の、それぞれの亡骸を囲むようにして唄い演奏する。

M―7　おるがん

ぼくが死んだ日
おじいさんは二階の屋根で
古いおるがん弾いてくれたんだ
ふいごのはきだすしずかな音楽は
ぼくの背中のビールスたちにも
聞こえてる

ぼくが死んだ日
空はどんどん落っこちてきて
大気圏外　まるで映画館の中
ストローくわえたぼくがみているのは
地球のいびつなうそつきの
プラネッタリウム！

屋根から突き出す巨きな菌類は

ぼくらのかなしいほいくえんの
庭からもみえたよ

ぼくが死んだ日
おじいさんは二階の屋根で
古いおるがん弾いてくれたのに
風船病にやられちゃったぼくの顔は
ぱんぱんだからうれしい顔が
ちゃんとできない

了

※実際の上演では、本編終了後、たまによる次の曲の演奏を加えました。

（カーテンコール）

ハダシの足音

眠る君の足音が聞こえる
小さくふるえる君は裸足だね
しまい忘れたおしまいの夜に
不器用な短い呼吸して
あてもなくなびいているんだ
さまよっているんだ
中途半端な月とそして裸足の足音

もう全部シロの中でぼくはまだ
カラフルで汗だくみごとに色キチガイ
体が震えて景色はへって
スピードはなくしたシロの中
天体望遠鏡でみる計算機の数字を
一日中ねむい目でよみつづけている

眠ってる人も眠らない人も
おんなじ星の上　おんなじ空の下
おんなじ数と長さをただよって
まばらな朝がくる前のこなごなの夜

あてもなくなびいているんだ
さまよっているんだ
中途半端な月と裸足の足音

室温〜夜の音楽〜

ホラーに封じ込められた笑い

長谷部　浩

長谷部浩（はせべ・ひろし）
1956年、埼玉県生まれ。演劇評論家。
現在、東京藝術大学美術学部先端芸術表現科助教授。
82年より雑誌『新劇』に劇評を書き始める。98年、『傷ついた性 デヴィッド・ルヴォー 演出の技法』（紀伊國屋書店）で、第3回国際演劇批評家協会日本センター（AICT）演劇評論賞を受賞。他に著書として『盗まれたリアル 90年代演劇は語る』（アスペクト）、『4秒の革命 東京の演劇1982―1992』（河出書房新社）、『演出術』（蜷川幸雄との共著、紀伊國屋書店）などがある。

ケラリーノ・サンドロヴィッチ（KERA）は、すでにナンセンス・コメディの第一人者として独自の地位を築いたかに見える。

KERAじしんの集団ナイロン100℃では、台詞の奇想によりかからず、俳優の身体のおかしみと独自の間によって笑いを取る手法が目立ち、広範な観客を集めてきた。しかし、近年の舞台を観るにつけても、KERAが次第に笑いの要素を後退させ、悪夢というべき劇世界に関心が移りつつあるように思われる。たとえば『フランケンシュタイン～Version 100℃～』（一九九七年十二月）や『薔薇と大砲～フリドニア日記#2～』（九九年三月）では、笑いに重点を置きながらも、作品全体としては、悪夢のような物語を舞台上に成立させることをめざしていた。こうした作品群をナンセンス・コメディから、ブラック・コメディへ向かう過渡期と考えることもできる。

『室温』に先だって上演された舞台に『カフカズ・ディック』（二〇〇一年一月）がある。この舞台は、KERAが女優、広岡由里子と結成したユニット、オリガト・プラスティコによるものだが、フランツ・カフカの親友で遺稿管理者のマックス・ブロートの視点から見たカフカの評伝ともいうべき作品となった。ここでは『薔薇と大砲』のように架空のアナザーワールドを緻密に構築していくよりは、人間の内面にひそむ精神の悪夢に焦点が合っている。たとえば、『カフカズ・ディック』には、カフカの愛した女たちが整列して、もはやこの世にはいないカフカを次々に非難する場面がある。そこではカフカにまつわる記憶が、女たちのなかで歪んだかたちで肥大しているのがわかる。舞台には彼女たちの圧倒的な妄想が充満し、私は、あたかも劇場の空間がねじまがるような感触を味わった。

『カフカズ・ディック』に続いて書かれた戯曲に『すべての犬は天国へ行く』(二〇〇一年四月)がある。この作品では、流れ者(犬山犬子)が登場し、町の沈滞した空気を破り、それまで当然とされてきた馴れ合いの約束事が暴かれていく。マッチョとされてきた西部劇の世界観を踏襲した物語が、二十一人の女優によって演じられた。セクシュアリティの転倒だけでも、悪夢と呼ぶにふさわしいけれども、KERAがさらに仕掛けるのは、すべての登場人物が、実はひとりの人間の夢想ではないかという謎かけである。流れ者の主人公がビリーと呼ばれるのは、西部劇の代表的なキャラクター、ビリー・ザ・キッドを踏まえているばかりではない。この転倒、この奇想の原点には、多重人格者を扱ったダニエル・キイスの小説『24人のビリー・ミリガン』のビリーがあるように思われた。

KERAの作る劇世界には、未来に対する漠然とした暗雲が常に立ちこめていて、しかも登場人物のそれぞれが罪の意識に苛まれている。この未来への不安が、集団の無意識と結びあって、奇矯な事件が起こり、登場人物のだれひとりとして合理的な解決を見つけだせない。あたかも、ケラリーノ・サンドロヴィッチは、じぶんじしんがつくりだした悪夢から、決して醒めまいと決心しているかのようだ。その偏執のあまりの強烈さに巻き込まれて、はじめは正しく方形を描いていたプロセニアム・アーチが歪み、ついには溶けていくような幻影さえ観客に与える。九〇年代後半、私たちの生活を浸食してきた現実世界の静かな狂気と寄り添って、この劇作家・演出家は、独自の世界を構築してきたのであった。

本書に収められた『室温〜夜の音楽〜』では、ホラーとコメディを、同じ舞台に共存させる実験が試みられている。「怖い話」と「おかしい話」は、果たしてひとつの舞台の上に同居できるものなのだろうか。ホラーもコメディも、もろともに引き受ける。欲望も純粋性も等価に置く。すべてが共存する舞台への憧れが、この戯曲を貫いている。この稿では、二〇〇一年七月、青山円形劇場で初演された舞台を念頭に置きながら、作品の特質をたどっていくことにしたい。

『室温』は、一人の少年がギターを弾き、静かに唄い出す場面ではじまる。「ぼくの未来は、火葬場の灰」と唄い出し、「ぼくの未来は火葬場のは〜い」と結ばれる唄が流れるなか、喪服姿の男たちが舞台を横切っていく。

劇の内容は、筋を追うのがはばかられるほど深刻である。ホラー作家海老沢（内田紳一郎）が娘のキオリ（中島朋子）とふたりですむ家に、制服姿の巡査（近藤芳正）があがりこんでいる。十二年前、キオリの双子の妹サオリは、少年たちに監禁され、集団暴行を受けて殺された。そこへ海老沢のファンだという女、赤井（村岡希実）が、著書にサインを求めるために訪れてくる。そこへタクシーの運転手（三宅弘城）が腹痛を訴えて唐突に侵入し、さらに刑務所から出所してきた少年のひとり、間宮（佐藤アツヒロ）が訪れてくる。一見してバラバラな組み合わせが、怪奇な物語を組み上げていく。海老沢は作家のかたわら除霊のお守りを売る。キオリは警官に公金横領をそそのかす。赤井が暴行に加わった少年藤崎の姉だとわかるあたりから、劇は、過去の監禁殺害事件の真相に向かって走り出す。筋だけ追うと、監禁や拉致、暴行や汚職が日常茶飯時となった現在を反映した社会派の劇であるかのように思える。

しかし、ケラリーノ・サンドロヴィッチは、この陰惨な物語をさりげないやりとりからはじめている。冒頭には、近所に住む老人の噂話を海老沢と下平がする場面がある。寝たきりだった老人（石川浩司）が河原で散歩している姿を、畳屋が目撃した。人違いとも幽霊譚ともとれる現象について話していた海老沢は、唐突にその話題を打ちきって、警官の下平がかぶっている帽子をとりあげてしまう。

海老沢　（笑いながら下平の帽子をとった）
下平　（そのことにはさすがに笑えず）ちょっと。
海老沢　（帽子を持ったまま嬉しそうに少し逃げた）
下平　ちょっと。（とは言うが、追わない）
海老沢　（ので、戻ってきた）
下平　（返せと手をのばした）
海老沢　（帽子をかぶった）

下平　ちょっと……。
海老沢　いいのこんなとこで油売ってて。
下平　よくないですよ。
海老沢　巡回中だろ。
下平　巡回中ですよ。ちょっと。（とさらに手をのばした）
海老沢　（よけて、笑った）

（一三ページ）

戯曲では十三行に渡っているが、語られているせりふは、七行にすぎない。せりふは極端に削られているにもかかわらず、俳優が演ずべき仕草は詳細に書かれている。さらに続く場面で下平が「地縛霊」を「自縛する霊」だと誤解していたとして、海老沢がツッコミを入れていくやりとりに続く。あからさまにいってしまえば、これはコントの一場面である。コントは、笑いを呼び出すばかりではない。同時に諷刺のちからで常識や権威に攻撃を仕掛ける。この場面でいえば、警察が正義の番人であるかのような虚構は、帽子さえ取り上げしまえば、もろくも崩れてしまうと語っている。

コントによる笑いの仕掛けは、冒頭ばかりではなく、幕切れまで途絶えることはない。観客の関心がサオリの死の真相へと向かい始めると、横にそらされるのだ。ＫＥＲＡは、少年たちの狂気の犠牲となったサオリへの同情に、観客が流れてしまうことを警戒し、この戯曲がヒューマニズムの陥穽のなかに囲い込まれることを周到に避けている。ホラー仕立ての物語が必要以上の深刻さに陥り、現実の事件を糾弾するための社会劇と受け止められないための安全弁として、笑いが機能しているのがわかる。
一方でケラリーノ・サンドロヴィッチは、ホラーとしてのしつらえを強調する。そのさきぶれとなるのは、タクシー運転手の木村である。「頭痛薬ありませんか」と唐突に登場し、挨拶も早々に語るせりふがある。

木村　客降ろしたあとグルグルグルグルおんなじとこ回ってるうちになんだかこのへんが（と腹を押さえて）キリキリーッとなって……いやあ、ボンヤリしてきちゃって、もうハンドル握っているんだか何を握ってるんだか……まあハンドルなんですけどね……目はかすんでくるわ、なんか背中に嫌な汗が吹き出てくるわ、ボンネットの上には血だらけの爺さんが座っているわで……。
（三一ページ）

この弁解は、ありふれた怪談を踏襲している。ホラーや怪談が喚起するのは、人間の恐怖心ではない。むしろ人間の奥底に眠っている欲望のありようなのだ。皮膚一枚割いただけで、血が吹き出る。血を止めることができなければ、人間は死に至る。血とその結果としての死のイメージをもてあそびつつ、人は現実のなかで見失いつつあるリアルの感触を取り戻す。木村は、怪談話のすぐあとに「やっぱり人間てのはみんな気味悪いことが好きなんだな……」ともらしている。このさりげない一言に、ホラーが本質的にかかえこむ欲望を喚起するちからに目を向けるＫＥＲＡの本心が見え隠れしている。
笑いとホラーを駆使して、ケラリーノ・サンドロヴィッチが次々とあからさまにしていくのは、個性的な登場人物たちが、内側にかかえこんだ欲望と悪意である。KERAは健全な市民の顔をして舞台に現れる人々の仮面を、次々に剝ぎ取っていく。

たとえば勤務中に海老沢の家にあがりこむ警官の下平は、家族同然に振る舞っているが、劇が中盤にさしかかる以前に、彼が横領を働いていることがわかる。しかも、彼を汚職に引きずり込んだのは、海老沢の娘キオリであり、さらに百万の金を要求している。海老沢のファンだといって東京から訪ねてきた赤井は、実はサオリを殺した少年グループの主犯藤崎の姉で、出所し謝罪に来た間宮とふたりきりになるとその正体が明らかになる。キオリは父親を憎悪しており、そのお茶に毒物を入れている。

登場人物たちが微妙な関係で繋がれながら、欲望と悪意をさらけだしていく。そのなかでも軸となるのは、妹を殺した少年グループに対する憎悪を、増幅させ持ち続けているキオリだろう。間宮の焼香させてほしいという願いを拒み、裁判中の言動をあげつらいながら、キオリが次第にヒステリックになっていく過程は、『室温』のなかで、もっともすぐれたせりふ術が駆使されている。間宮に「いい子ぶって自首してなければ、みんな捕まらずに済んだんじゃないの？」と揶揄したあげく、キオリはさらに責め続ける。

キオリ　消防車のサイレン聞きながらビールで乾杯したんでしょ？　デブ崎が「十五年逃げ切りゃ時効だ」って言ったんでしょ。それでなに？　あんた調子よく、オー！　とかなんとか言ったの？　ねえ。

間宮　……言ったかもしれません。

キオリ　でしょ。たまったもんじゃないわよね。それで次の日自首されちゃ、オーッて言っといてね。裏切り者もいいとこじゃない……。そういうあなたの、行動原理？　まったく理解できない。まったく信じられない。一貫性がない。なんか気持ち悪い。常人になりすましてる狂人。煮え切らない。生煮え。生煮え君。やだ、なんか可愛いじゃない生煮え君て、あたしホメちゃった？　ねえ。

（五四ページ）

せりふの意味内容は、憎悪に振れているにもかかわらず、笑いへと自在に脱線していく。この手法は、KERAの『室温』におけるもくろみをよく表している。それは凍り付くようなホラーのなかに封じ込められた笑いであった。観客の意識のなかで自己規制が行われて、笑い声は起こらないが、笑いの衝動がからだを突き上げてくる。出口をふさがれた笑いは、解放へと向かわず、気味の悪い後味が観客に蓄積されていく。

こうした笑いをめぐる複雑な手続きを取りながらも、サオリをめぐる周囲の人々が悪に染まっていると明らかになればなるほど、物語は単なる復讐譚の枠組みに回収されかねない危険をはらんでいる。この動きを押しとどめるようにKERAは、明るい虚無と呼びたくなるようなもうひとつの物語を、主筋と平行して進めていく。戯曲を読む上で重要なのは、劇をドライブする物語と対置するように置かれた少年（知久寿焼）、老人（石川浩司）、ヴァーニャ（滝本晃司）による挿話と歌詞なのであった。

この感覚を初演の舞台で体現したのは、ミュージシャンの〝たま〟（知久、石川、滝本）である。「薔薇と大砲～フリドニア日記#2～」でも起用されたこの音楽家たちは、劇の伴奏をつとめるためにだけ舞台上に存在するわけではない。先に示した〝たま〟はここで死者となって舞台上に登場する。死者の音楽を奏でるのではなく、死者そのものとして場を浮遊しているのだ。

ケラリーノ・サンドロヴィッチによってしつらえられたこの脇筋を理解するためには、戯曲を一度、読了した後、挿話と歌詞の部分を再度、抜き出して読み直すことが望ましい。主筋によって分断されているときには気づかなかったもうひとつの物語が、この作業によって浮かび上がってくる。それは、サオリと同様に人々から見捨てられて死んだひとりの少年が、じぶんじしんの死を客観視していく物語であった。そこには主筋を動かしていく人々の悪とは無縁な世界がある。

たとえば七一ページで、知久寿焼が演じる少年のモノローグは、ＫＥＲＡの死に対する距離感を考える上で重要である。

少年　その日、久し振りに降った雨のおかげで、井戸の水かさが増して、ようやく僕は発見してもらうことが出来た……。やっと見つけてもらえたから僕はとても嬉しかったのに、おとうさんも、おかあさんも、おじいちゃんも、とても悲しそうな顔をしながら僕を箱に詰めた……。おかあさんなんか、見たこともないような顔をしてわんわん泣いていたものだから、僕はおかあさんの気が狂っちゃうんじゃないかと思って心配になった……。僕はとても嬉しかったのに、みんなはいつまでもいつまでも、雨と競争するみたいにして泣いていた……。

箱とは、棺であろう。こうして書き抜いてみると、尋常な死に方をしなかった少年の悲痛な叙述のようにも思えるが、この文体には、連綿たる情緒に流れていくナルシシズムは見当たらない。むしろ、自分自身の死体にとりすがって泣く家族を、空から客観的に見つめている少年の意外なまでの明るさによって際立っている。

また、たとえば、少年は、ロシア人のヴァーニャさんがピストルで自分の脳を撃ち抜いた理由について語る。三ヶ月に一度、サハリンから日本にやってきたヴァーニャさんは、トシコさんに恋をした。ある日、トシコさんを訪ねると、彼女の店はもう取り壊されてなかった。そばにいた釣り人の「ああ、あの女なら海に身を投げて死んだよ」という一言で、ヴァーニャさんは自殺してしまった。ここでエピソードを閉じてしまえば、感傷的な物語となるところに、KERAはさらに落ちをつける。

少年　男の人の言ったことが出まかせだったとわかったのは、ヴァーニャさんが死んで、何日かたってからのことだった。トシコさんは生きていた。店に缶詰めを買いに来た別のロシア人に一目惚れしたトシコさんは、その男の人と結婚して、ロシアのハバロフスクで幸せに暮らしているそうだ。

（八七ページ）

ここには人の死さえも、笑いをふくんでいるというKERAの立場が明瞭に読みとれる。ただし、それは高笑いではなく、苦い笑いではある。〝たま〟の三人をめぐってかもしだされる笑いの質は、人が人生をあきらめるときの切実さと結びついている。さらにいえば、死にまつわる話題を、生真面目に受け止めるのは辛すぎる。私たちは軽やかな笑いを用意して、死の残酷さを受け入れるほかないではないかと語っている。

このせりふに続いて三人は、短い唄を唄う。その歌詞は謎めいているが、観客はヴァーニャさんの挿話をそこに重ね合わせる。

かわりないこと
はじまりをもてないこと
途中が続いていくこと
何のわけもなく不機嫌になること
さよならおひさま
ぼくはもういいや　これで終わりにする

さよならおひさま
とても簡単なことでしょう
さよならおひさま

（八八ページ）

「これで終わりにする」ための「とても簡単なこと」とは、自殺を指し示しているかに思える。なにもなしえない日常の連続をうとましく思う。不機嫌になる。理由のない絶望にとらわれているからこそ、「さよならおひさま」と、ふんだんにふりそそぐ陽光を仰ぐ。明るい虚無感が舞台をおおう。

挿入歌は〝たま〟のオリジナルが多くを占めており、その歌詞はケラリーノ・サンドロヴィッチによるものではない。しかし、挿入歌は、あたかもこの作品のために書き下ろされた連作であるかのように、KERAによって周到に計算され、配置されている。その歌詞を連続のなかで見ていくと、少年の死をめぐる心情を刻々と追った物語を立ち上げようとするKERAの意図に気づく。

主筋の登場人物たちが悪の正体をあからさまにし、破滅へと向かって走り出していくのとはうらはらに、三人の楽隊が演奏し、唄う唄は、さらに内面に向かって沈潜し、しかも澄みきっていく。警官の下平は、手錠をかけられたままキオリに唇を噛まれる。我を失って攻撃性を剝き出しにする姿は、滑稽でさえあるが、そのおかしみさえも無化するように、劇の副題となっている「夜の音楽」は、静かに劇にすべりこむ。

ぼくがねむるとき
こんなかおしてたのか
こんなきれいなよるのなか
こんなきれいなよるのなか
くさもむしもうたってるよ

ねえおつきさん
どこにいけばいいの？
こんなきれいなよるなのに
こんなきれいなよるなのに
さよならってだれにいうの？

（一一六ページ）

絶望のなかに閉ざされてきた人生であっても、自然は少年と友として身近にあった。澄みきった月、きれいな夜は、じぶんが死んだあとも何事もなかったかのように、地球にかわらず訪れるだろう。そう思えば、すべてが懐かしく、いとおしい。そして、おかしい。

燭台が舞台に置かれる。少年だけが残ってキオリと下平を見つめている。キオリと下平のいさかいが巻き起こす喧噪に満ちた場面に挟み込まれているにもかかわらず、この唄の純粋性が、前後に置かれた異様な場面を浄化する。『室温』のなかで、もっとも美しい場面となった。それまでこの歌の連なりとは分断されてきた主筋の登場人物までもが、ついにはこうした心境にたどりつくのではないかと、かすかな期待さえ観客に生まれた。しかし、そうした淡い期待はかなえられることなく、火が舞台を包む。少年の死の真相も明らかになる。それは欲望のままに悪を貫いてきた人々を、焼き焦がす業火でもあった。火はかつてサオリを生きたまま焼いた。そして今、サオリとその事件をめぐって争ってきた人々を焼き殺す。

ここで主筋の登場人物と楽隊の境界が崩れ落ちる。すべての人間は、例外なく死者となる。そのとき、善も悪も、純粋も欲望も、境目をなくす。ただ、死者の群れとなって人類の歴史に連なる。死ぬこと、消え去ることでしか、罪を贖うことができない。

人類は滅亡への道を迷うことなく歩いている。私たちはそのただなかで、少年のように死ぬこともかなわず、ただ、生き続けるほかはない。そこには罪を許すべき他者はどこにもおらず、ただ、地球上の人間がすべて消え去り、地上の支配権を譲り渡すしかないという諦念さえ感じられる。

ついに劇を、いやこの地球をまっすぐな眼差しで見つめていた少年までも死んでしまった。少年は悪を憎むことさえしなかった。欲望から目をそむけることさえもしなかった。登場人物の生き方を肯定も否定もしなかった。明るい虚無感を漂わせ、肉体を失ったたましいが、じぶんじしんの死体を見下ろしながら、さよならを告げている。そこには泡立つように軽やかなＫＥＲＡの笑いがあった。

あとがき

世の中には、上演の予定がなくても戯曲、とゆーか台本を書く人もいるらしく、それは僕にとって信じられないことです。

僕は、タイトルが決まり、チラシが刷り上がり、稽古も近づいた頃になって、あるいはいないのに、あるいは具体的な上演企画が立ちあがってもいないのに、もしくはキャスト(多くの場合)稽古が始まってから、ようやく台本を書き始めます。劇場が押さえられてもが決まってもいないのに、台本を書き始めることなんて絶対出来ません。明日台本が何ページかでも配られないと役者に怒られちゃうから、とか、このままではどう考えても初日の幕が開かないから、とか、追い込んでくれる状況がないことにはなぁんにも浮かばないのです。何度か、自分を暗示にかけて、稽古開始の二ヶ月前に「明日が稽古日だ」と思い込んで机に向かったことがありました。で、無理矢理何枚か書いたのですが、翌朝読み返してみると、決まって、それはそれはもう、呆然とするほどつまらない腑抜けのような台本なのです。僕はすぐさま原稿を丸めてゴミ箱に捨てるのでした。

『室温〜夜の音楽〜』は、公演の一年ほど前に、当時青山円形劇場のプロデューサーだった能祖将夫氏からもちかけられた企画から始まりました。

音楽をからめたホラー・コメディをやってほしい。

当初は「ロッキー・ホラー・ショウ」みたいな世界を漠然と頭に浮かべていました。公演が終わってもうすぐ一年、実際に出来上がったものをこうして改めて読み返してみると随分と初期の構想とはかけ離れてしまったものだよなぁ、と思いますが、ともあれ、能祖氏からお話をいただかなかったらこの戯曲が書かれることはなかったことだけは間違いありません。まずは能祖氏に深く感謝したく存じます。

次に感謝すべきはやっぱりたまの三人かな。たまの音楽がなかったらこんな風な芝居にはなり得なかったでしょう。まあ、また別の素晴らしい芝居になってただろうけど。

あとはもう順不同で、公演を終える度にありがとうと思う方々、すなわちキャスト全員、スタッフ全員、お客さん全員にありがとう。初めてのおつきあいになるあがた森魚好きの論創社の君島さん、デザインの小林さんとイラストの木村さん、戯曲集には珍しい解説文を書いてくださった長谷部さん、この芝居にきて喜んでくれてテレビ・ドラマにまでしてくれた大根ディレクターとそのスタッフ&キャスト全員、この戯曲に賞をくれた選考委員の方々全員にもありがとう。

内容について特に言うことはありません。長谷部さんが書いてくれたことで充分なのではないでしょうか。読んで、面白いと思ってくれて、私の別の芝居も観たいなんて思ってくれたら、こんなに嬉しいことはありません。

二〇〇二年　初夏

ケラリーノ・サンドロヴィッチ

引用および参考文献

『うちの子が、なぜ！——女子高生コンクリート詰め殺人事件』佐瀬稔（草思社）
『わが子、正和よ——栃木リンチ殺人事件被害者両親の手記』須藤光男、須藤洋子（草思社）
『東電ＯＬ殺人事件』佐野眞一（新潮社）

◉使用楽曲

「安心」作詞・作曲：知久寿焼

いわしのこもりうた」作詞・作曲：知久寿焼

「間宮くん」作曲：知久寿焼／滝本晃司

「ガウディさん」作詞・作曲：石川浩司

「さよならおひさま」作詞・作曲：滝本晃司

「ロシヤのパン」作詞・作曲：知久寿焼

「夜のおんがく」（トラディショナル）作詞：知久寿焼

「おるがん」作詞・作曲：知久寿焼

「ハダシの足音」作詞・作曲：滝本晃司

全編曲：知久寿焼／滝本晃司／石川浩司

刑事A：佐藤剛成
刑事B：伊藤弘雄

○スタッフ
プロデューサー：松野博文（フジテレビジョン）、長坂信人
AP：松戸信樹、伊藤弘子
演出：大根仁
助監督：戸崎隆司
AD：石塚幸一、松川正人、溝口崇
構成：高須晶子
技術：大嶋隆
SW：勝村信之
カメラ：藤枝直人、唐沢悟
音声：竹下博英
VE：積田稔、小出秀久
照明：植松晃一
美術製作：北林福夫
デザイン：きくちまさと
美術進行：山下雅紀
大道具：西脇明徳
装飾：林成利
持道具：成田千絵
衣装：四方修平、森岡美代、染谷明る美
メイク：小沢仁美、堀米真紀
アクリル：細井純
編集：箭内克彦、大橋みどり
MA：渡辺真義
音響効果：稲村淳
TK：舟岡由紀
編成：大野高義（フジテレビジョン）
広報：釜范太郎（フジテレビジョン）
制作デスク：村瀬奈巳

ロケ協力：銚子電鉄
技術協力：八峯テレビ、ニューテレス、IMAGICA、池田屋、FLT、TALS、TMC
協力：ジャニーズ事務所、RUP、青山劇場、ナイロン100℃
制作協力：オフィスクレッシェンド、RUP
制作著作：フジテレビジョン

小道具：高津映画装飾
照明操作：柴田幸恵
音響操作：茶木陽子（モックサウンド）
衣裳助手：山本有子（ミシンロックス）
映像イラスト：古屋あきさ
映像助手：青木正仁、浦島啓
映像協力：吉田りえ、福地健太郎
美術協力：辻川永子
稽古場助手：尾崎陽子、野原千鶴
キャスティング協力：山内雅子（CPP）
制作：花澤理恵（シリーウォーク）
プロデューサー：能祖将夫（こどもの城劇場事業本部）

主催：こどもの城
協賛：富士通株式会社
企画制作：こどもの城劇場事業本部／シリーウォーク

○協力
ジャニーズ事務所、砂岡事務所、ユマニテ、たま企画室、大人計画
ダックスープ、ナイロン100℃、至福団、桂川裕行、宇野圭一
阿部泰明、秋元一典、伊藤弘雄、大江雄一、菊地柳信、堺沢隆史、西永貴文、村木宏太郎、柚木幹雄、藤原ヨシコ、横山彩、渡辺麻衣子、相田剛志、阿部文代、岡野裕、斎藤恵、坂本典子、土井さや佳、萩原佳子、花澤理紗、望月有希

◉「少年タイヤ」版
2002年2月5日、12日、19日、26日、3月12日、19日　フジテレビ

原作・脚本：ケラリーノ・サンドロヴィッチ
音楽：たま

○キャスト
間宮：長野博（V6）
木村（タクシーの運転手）：井ノ原快彦（V6）
下平（警官）：坂本昌行（V6）
キオリ：ともさかりえ
海老沢十三：内田紳一郎
赤井：村岡希美（ナイロン100℃）
老人：二瓶鮫一

上演記録

室温～夜の音楽～

◉青山円形劇場プロデュース公演
2001年7月5日～21日　青山円形劇場こどもの城

作・演出：ケラリーノ・サンドロヴィッチ
音楽：たま

○キャスト
間宮：佐藤アツヒロ
キオリ：中嶋朋子
下平（警官）：近藤芳正
木村（タクシーの運転手）：三宅弘城（ナイロン100℃）
海老沢十三：内田紳一郎
赤井：村岡希美（ナイロン100℃）
老人：石川浩司（たま）
少年：知久寿焼（たま）
ヴァーニャ：滝本晃司（たま）

北野仁、佐々木光弘、佐藤剛成、戸田正範、中西広和、日栄洋祐

声：小桜エツ子、かないみか

○スタッフ
舞台監督：福澤諭志＋至福団
舞台美術：加藤ちか
照明：関口裕二（balance, inc. DESIGN）
音響：水越佳一（モックサウンド）
衣裳：コブラ会
映像：奥秀太郎（M6）
振付：長田奈麻（ナイロン100℃）
歌唱指導：安沢千草（ナイロン100℃）、三ツ峰ひかり
演出助手：山田美紀（至福団）
宣伝美術：小林陽子（ハイウェイグラフィックス）
大道具製作：C-COM

ケラリーノ・サンドロヴィッチ
劇作家、演出家、映画監督、音楽家。1963年1月3日生まれ。
1982年ニューウェイヴバンド「有頂天」を結成。またインディーズ・レーベル「ナゴムレコード」を立ち上げ、70を超えるレコード、CDをプロデュースする。並行して1985年に「劇団健康」を旗揚げ、演劇活動を開始、1993年に「ナイロン100℃」を始動。1999年『フローズン・ビーチ』で第43回岸田國士戯曲賞を受賞、現在は同賞の選考委員を務める。演劇活動では劇団公演に加え「KERA・MAP」、「ケムリ研究室」などのユニットも主宰。2018年秋の紫綬褒章受章、ほか各種演劇賞受賞歴多数。音楽活動ではソロ活動の他、2014年に再結成されたバンド「有頂天」でボーカルを務める。鈴木慶一氏とのユニット「No Lie-Sense」をはじめ各種ユニットで、ライブ活動や新譜リリースを精力的に続行中。

◉この作品を上演する場合は、必ず、上演を決定する前に下記
メールアドレスまでご連絡ください。
上演許可申請先：株式会社キューブ
E-mail webmaster@cubeinc.co.jp
TEL 03-5485-2252

室温 ～夜の音楽～

2002年7月30日　初版第1刷発行
2022年6月30日　初版第3刷発行

著者　ケラリーノ・サンドロヴィッチ
発行者　森下紀夫
発行所　論創社
東京都千代田区神田神保町2-23　北井ビル
tel. 03（3264）5254　fax. 03（3264）5232
振替口座 00160-1-155266

組版　ワニプラン
印刷・製本　中央精版印刷

ISBN4-8460-0465-1